时间的聚拢中环视荒原,从天边生出难以名状的极想和对于时空的莫须有的追问——哦,在荒原中我就是一棵草、一朵野花、一条沟壑一样的痕迹——生命在时间中轮回,没有来路,亦没有归途。

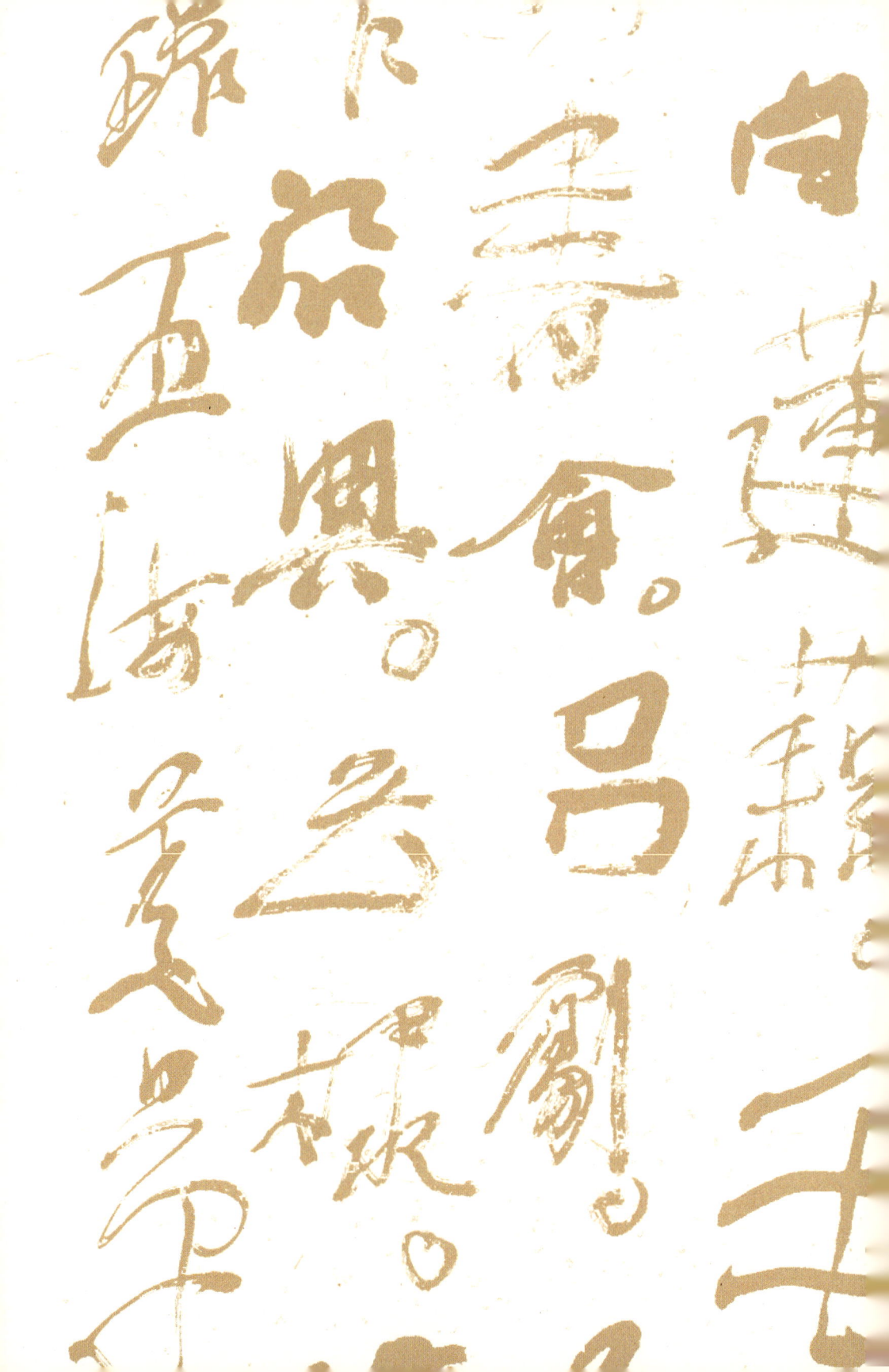

内蓮藉
婦下青甘
五欲原年
海興。呂籍
晏之劉甚
晏根郎

大地书写

向度——文丛

赵雪松 著

广西师范大学出版社
·桂林·

大地书写
DADI SHUXIE

图书在版编目（CIP）数据

大地书写 / 赵雪松著. --桂林：广西师范大学出版社，2020.9
（向度文丛）
ISBN 978-7-5598-2822-4

Ⅰ. ①大… Ⅱ. ①赵… Ⅲ. ①散文集－中国－当代 Ⅳ. ①I267

中国版本图书馆 CIP 数据核字（2020）第 085987 号

广西师范大学出版社出版发行
（广西桂林市五里店路 9 号　邮政编码：541004）
　网址：http://www.bbtpress.com
出版人：黄轩庄
全国新华书店经销
北京图文天地制版印刷有限公司印刷
（北京市通州区西集镇金各庄村村委会南 300 米　邮政编码：101106）
开本：710 mm × 1 010 mm　1/16
印张：16.75　　字数：151 千
2020 年 9 月第 1 版　2020 年 9 月第 1 次印刷
印数：0 001~6 000 册　定价：69.00 元
如发现印装质量问题，影响阅读，请与出版社发行部门联系调换。

序一　风雪夜归人

庞　培

　　书法是新来的人，同时又是旧人。是中国样式的旧友重逢，一种相见、晤面、祝敬。包含了林语堂所言"生活的艺术"背后的东方式抽象，民间或江湖的嘘寒问暖，以及庙堂之上的富丽堂皇；是叩响久违了的心灵，穿越过时间长河的"风雪夜归人"。

　　中国汉字的象形肌体和肤理，及其漫长悲喜的演化，如同变色龙一样，出现在了文学和历史的几乎每一个分支，出现在南北大地的各个地方；其本身的美学渊源，形成一种独特领域的星空，物理学、天文学、历史学，"帝王将相宁有种乎？"人们翻开古时的碑帖，展露眼前的似乎是俯瞰地底的反面天文学。一整个璀璨象形的文字星空，隶属于中国平民百姓脚底下的永不消逝的灵性宝藏。其意义，绝不止于一般的美学或文字学，它是每一名来到过世上的中国人的面孔、食物、梦境和呼吸，既像专业的历史学这般漫无涯涘，同时，又如同世界文明的经典珍藏一样卷帙浩繁。书法由此而成为中国人的日常，是非常精妙的汉人族群对于世界的味觉。事实上，王羲之、颜真卿、苏东坡、徐渭、康有为们，一个个都是活生生出现在世界历史、至少出现在我们称之为"中国时刻"不同时期的"新来的人"。通过每一个汉字的点、横、撇、勾,他们使人们生活的世界焕然一新,他们让大地上的四季流光溢彩。其不经意中的笔墨挥毫,友叙闲谈,重新调校着种族意义上的中国人的五官、表情、言谈、举止。大致上,中国书法,乃国人独特的一种举止,是黄河长江、长城黄山所逶迤起伏出的汉人的举手投足。除了头顶的星空,中国人的另一星空在他们的案头枕边,那就是几千年熠熠生辉的暗夜中的中国字:汉字。中文。

同时,隐含人们独特思维方式的顿悟、渐悟法则,在中国书法放肆而又内敛的线条世界,可谓纤毫毕露,就像婴儿在襁褓中最初清晰的心跳——书法,几乎是华夏文明隐秘的心电图。对于中国人而言,一部书法史,超越一整部活着的、永远存世的《追忆逝水年华》。是中国人有别于西方人文的"非物理时间的时间观"、"非时序性的时间"以及"成功形式的封闭的圆形"(利奥塔德)。中国的时间指针,体现在书法上,如同唐代诗歌浸染在黑眼睛黄皮肤的国人的眼神之中,中国书法,就此进入到古典和现代世界的每一领域。在中国的每一行诗里,每一幅山水、花鸟、国乐声中,都能听出书法的豪逸声音,感受到汉字的温润如常。

只要把"小说"一词置变成"书法"——那么,我想表达的意思,完全就明白了。

诗人赵雪松,是我的诗友中间书法写得最好的,可谓诗书双绝、左右开弓。平常交往场合,酒虽喝得不多,但酒后移步写字,宣纸一摊,墨汁一蘸,挥毫其身姿心声,亦一样四壁嗡嗡,仿佛大碗喝了酒的人一样酣畅淋漓起来。眼前尽是诗句,耳中似有仙乐。他的书法美名,遍传中国南北;他的当代新诗,更加令人过目不忘。他为人憨厚率真,整个一北方大汉,行于长安道中,不受任何的羁绊纠结。即使前一秒钟还下定了决心要背诵下整章整节的《伊利亚特》，下一秒钟一样能气定神闲、问心无愧地去用册页抄录心仪的《淮南子》。

说他字写得最好，跟诗写得好意思是一样的，这就像苏东坡的《寒食帖》、李白《上阳台帖》或者金圣叹的墨迹。其中令人感慨唏嘘之处，在于对于国人而言久违了的生活修养。在这方面，雪松兄对于中国的当代，尤其对我本人，树立了一个极好的榜样。他既是诗人、书法家，同时又是传统意义上的文士。

"一山行尽一山青。"

——这是谁写的句子呢？

"激情本身是在模仿秩序。""给我身处的时代带来欢乐。"柯勒律治的这两句，想来，亦能博得我们的诗人一时之兴会罢。

我知道雪松兄的书法要比他的诗歌晚一些。二十世纪九十年代中期，诗歌圈里已久闻其诗名，因为他很早就发表了大量诗作。他诗歌的特质很容易被辨认出来。他的语言声音也一样，努力抵达至深受儒学思想浸淫的世界主义者的平民语调里。他的诗集《我参与了那片叶子的飘落》虔诚真挚，落落大方。在雪松的身上，我发现了当代中文世界里一个深刻、朴素、严肃而又随和的诗人形象。他的清晰，他对细节的关注，他书写诗性文字的激情，他不愿抄捷径跟风随大流或接受任何因袭的态度和观点，他付诸日常生活的泰然自若，他的敏锐和诚实，这一切，都在我这里激发出同样艰苦卓绝的诗学的精进。

中国的文人书法，某种程度上，是书法史上最生动有趣、成绩最好的部分。文人书法，跟一般意义上的职业书法家不同；后者在今天的中国到处可见，遍布南北各地，大多数早已或从一开始就丧失了传统古典的核心。而像诗人赵雪松这样的文士，生活在传统断裂以后的土壤层，是古老中国再生之后的作者。他们首先是诗人，是再生草，其次才是打通其他艺术门类的名家。此情此景，实际上跟古代的王维、苏东坡、黄庭坚们如出一辙，都一样是文章好、诗好、修行深厚。写字画画，只是他们行文之余的闲适统一，更像修行悟道的习惯，是对空间和时间的个性体悟。一般层面的职业书家，哪能和这样的天才诗人比拟？作为散文家的赵雪松，其《大地书写》写作多年，几乎是诗的散文化呈现，读来从容苍郁、汪洋恣肆，可谓字字入心，句句敲骨。令我想起米什莱、东山魁夷、爱默生这样的大家。字是文人字，画是诗中人。文章身手，得古人真貌。气韵流布，格外醒眼。

　　雪松写黄河，反复经年，这条北方的河流遂成为他内心描摹效法的终极摹本。在很多作品里都能听见一位诗人对它的倾听，河流的寂静在他这里是双重的，呈现出某种重叠、复调式的音域。同时，依照其诗书双修的法则，时而变化出碑帖或诗句来。语言在雪松笔下，自然而然跟同时代大多数诗人的资质区别开来。语言是凝重、简捷的墨迹，语言也同时是直指人心的诗意家园。诗人把黄河写成了一条萦绕着神迹的日常的亲人河，有如大地上高耸的飒飒作响的白杨树。他写黄河的文字，终成为我们时代不可多得的某种内心独白，仿佛一个时代的苍凉时刻，凝聚在其北方汉人的笔端。

　　1月6日山东大雪，省会济南暴雪。三个老朋友于于明诠兄、雪松兄、多马围炉夜聚，酒酣耳热之余，三人一起给我拨打手机，说到这本叫作《大地书写》的集子要出版了，嘱咐我写几句话，电话里竟有济南城市白茫茫一片雪景。我的眼前似乎出现了一幅巨然的《雪景图》。虽不能置身老朋友的酒席，而心向往之。于是回房闭门，拿起笔就写。我在想，这一席美酒珍馐，本人也移步换景，频频举杯也尽兴了罢。

另一方面，北方大雪，恐怕也是大自然或山水意义上（铺展开来的）中国最早的大幅宣纸。中国字、书法，最早的用笔呵气，大概是手指、臂肘、眼睛、呼吸一类吧。

——从文学史的角度来看，对于中国文学，赵雪松是"新来的人"。

对我而言，雪松更是我今生今世、平常日脚推门而入的"风雪夜归人"。

2020 年 1 月 7 日

序二　雪松：诗与墨的大地书写

于明诠

写诗的人很多，但好诗人并不多。同样，写字的人也很多，能称得起书家且被公认为好书家的，当然也不多。英国的卡莱尔说："人只有凭着自己的一片诚心和深邃的见解才能成为一个诗人。"我想给他改一下，应该这样说："诗人只有凭着自己的一片诚心和深邃的见解才能成为一个好诗人。"还可以再改一下："书法家只有凭着自己的一片诚心和深邃的见解才能成为一个好书法家。"我认为这样改是能通的，"一片诚心和深邃的见解"，无论对于诗人还是书法家，同样重要。王维说"画中有诗"，苏轼说"诗画本一律"。其实书中亦有"诗"，"诗书"更是"本一律"，也许正因为诗书的"一律"更"本"，以致王维、苏轼们懒得专门拎出来说了。法国的波德莱尔干脆就说"现代诗歌同时兼有绘画、音乐、雕塑、装饰艺术、嘲世哲学和分析精神的特点。"（波德莱尔《波德莱尔美学论文选》）王维、苏轼、波德莱尔都是好诗人，他们自然会懂得并说出这个道理。卡莱尔那句话没有提到技法技巧，不是说技法技巧不重要，当然重要。诗歌也罢书法也罢，包括所有艺术门类，技法都是最基础最基本的，但纯粹的技法技巧却是没有高低贵贱之分的，技法技巧被如何运用才是问题的关键。"一片诚心和深邃的见解"就是解决技法技巧如何运用的问题，所以很关键。因为这个问题决定着一个诗人如何成为一个好诗人，一个书家如何成为一个好书家。

在我看来，老友雪松兄无疑是当代文坛的好诗人，也是当代书坛令人瞩目的好书家。他二十世纪八十年代初登上诗坛以来，许多作品、警句或被编入教材，或为读者耳熟能详而广为流传。同时，他的书法作品自九十年代起，也在全国重要书法展示中多次荣膺大奖，书名远播。他的"两栖"身份皆被响当当的专业认可。诗人觉得他诗名大，书家则说他书名大，其实是他两个领域的成就都很大，乃至不好区分彼此而已。"先文后墨""诗书风流"是上千年来不言而喻的文人传统，古人那里自然不需要废话，今天则不然。诗书分离，渐行渐远——一个是文学，一个是美术，学科上似乎已经没有什么瓜葛关联。古代的书画家都是文人，今天的书画家的自我定位则是艺术家，喜欢做"艺人"，或干脆自称"手艺人"。吴昌硕、齐白石辈诗书画印是一个相互滋养的整体，今天的艺术家们这样修为则被视为"跨界"。雪松兄于诗文书画的研磨探究，孜孜矻矻四十多年，恰是既有"翰"又有"墨"的诗书正脉。所以，在雪松笔下，诗文也罢书画也罢，不是"跨界"，而是"同体"。

所谓"同体"，就是对于雪松来说，写诗、写字、写散文、画文人画，根本上就是一回事儿。什么"事儿"呢？心事。少年的羞涩、青春的躁动、中年的责任与庸常，以及生命情怀的欣喜、狂躁、愤怒、苦闷、孤寂、颓废、纠结、绝望，等等。那些几乎用语言说不清楚的、带着体温躁动的、呼吸着纠缠着的心事儿。他大概是这样铺开宣纸并提起羊毫的："在时间的聚拢中环视荒原，从天边生出难以名状的极想和对于时空的莫须有的追问——哦，在荒原中我就是一棵草、一朵野花、一条沟壑一样的痕迹——生命在时间中轮回，没有来路，亦没有归途。离开荒原，回到日益精巧、烦琐的生存之中。把荒原揣在怀里，我感到了生命存在着，消失着……历史和正在身后追赶的时间之河，迫使我从眼前具体的事务中抬起头来。把那份辽阔、苍茫留在生命里，我的身体中正有一股'大荒之气'在弥漫。"（《荒原》）一幅又一幅宣纸的"荒原"上，他的点、画、线条在呢喃喧嚣踽踽独行："只有走没有被指引的陌生路，你才觉得行走是一件多么严重的事。你忐忑不安，每一步都充满了不信任。这时行走变得深刻起来，你变得能够体察了，你已不在乎路本身是好是坏。漫无目的地行走才是真正的行走——而真正的行走，是你从没想到'路'这个概念。路就是迈开双腿，路就是一些直线或曲线，没有所谓路，哪里都是路。没有所谓到达。"（《行走》）他的笔端吞吐着这样的一种"大荒之气"！没有到达，只有出发——这不正是一部一部高头讲章所谓的关于书法的"艺术本质"和"艺术创作"吗？

当然不可否认，毛笔曾经是手的延伸，真草隶篆二王苏米碑学帖学，好看不好看娱己亦娱人。什么时候开始？渐渐模糊含混，渐渐不意间迈过，走入了这样的"荒原"？毛笔似乎成为心灵深处一个导管，点画和诗句流淌出来，落满苍茫大地："现在我独自醒着坐在夜色里。白天里高大的建筑因为熄灭了灯光而不再高大，最低矮的事物获得了平等的机会——不分先后、没有主次、说不清一切的来龙去脉。我现在真正是我自己，我的情绪只在心中翻卷如狂潮，想说的话在心中、在心中浓浓地乱。"(《夜的中心》)我想，雪松正是在这样的时刻顿悟了，从此真正走进了他酷爱的书法艺术世界。"创作"这个专业术语从此在他的挥写里苍白地随风飞散。这样的书写，不是"创作"，不是"表现"，甚至不是技法层面的有意和无意，甚至不能受自己心性之外的任何力量的牵引与控制，连"无意于佳乃佳"这样的啰唆都不存在了。用雪松的话说："最高的诗是一道灵魂的命令。是思想之诗，悲悯之诗，是沟通了此岸与彼岸、有限与无限之诗。它拥有最简洁的骨架和最丰富的内涵，最平静的语言和最激烈的内心。是不着一字之诗，是空无。是一个站着的人。"诗如此，书画亦如此，"在艺术和诗里，人格确实就是一切"。(《歌德谈话录》)瓜熟蒂落是说不清楚的，因为不需要说清楚。如大地上的山川草木，自然沉实，深情丰满。那些漫天飞扬的文心诗意，化作云烟供养的点画线条，都一一落在这辽阔苍茫的荒原大地上。五十而知天命，因为天命不可违，知天命就是落下来不再飘飞的意思。六十而耳顺，耳顺是内心的独白摒弃了方外的嘈杂，就是落在大地上的心灵的安妥。书画本小道，但"字中有天"(傅山语)，天地很大，可以安身立命。在诗文里，在点画间，一个人站立起来的时候，就什么都有了。

雪松的书法，最突出的特点是文雅、灵逸、稚拙、深情。他的笔下没有简单的碑帖界限，用笔生涩沉着与宕逸虚灵相生发，墨色枯润相间。这很像他的诗，坚定沉厚一如大地足音，而灵逸纯情又如内心深处的战栗，细微而玄秘。近十几年来，他书法追求上的这个特点日渐凸显：由二王苏米的精致典丽，而青藤八大的缠绵幽冷，而冬心南海的沉厚恣肆，而商周篆籀汉魏刻石的古朴凝重，而魏晋残纸敦煌写经的散漫拙朴。近几年，他的笔下时见帖的腴润华滋、碑的洞达骨鲠以及民间书写的随性浑然，而无碑帖之界域町畦，结体造型的空间有着明显的挤压感，似乎有意无意地拒绝着各种轻滑流媚和亢奋舒扬。特别是他所擅长的行楷书，其基本格调与民国书法的清逸之士徐生翁书画韵致多相暗合，文雅而苍古，稚朴且深情。百年前，江南绍兴一生不曾远游的徐生翁先生这样做着书画"扫地僧"："我学书画，从不愿意专门从碑帖和古画中寻找资粮，笔法材料多数还是从各种事物中，若木工之运斤，泥水匠之垩壁，石工之锤石或诗歌、音乐及自然间一切动静物中取得之，有人问我学何种碑帖图画，我无以举似。"何绍基说："诗要有字外味，声外韵，题外意。"（《题冯鲁川小像册论诗》）书画呢？若说要的就是书画之外的"诗味儿"，大致不谬。徐生翁所说亦无非此意，书法在碑帖里，也不在碑帖里。今天，生活于滨城的雪松兄，在黄河古道大地荒原上以诗文书画"有根地行走"，这样书写着他诗与墨的"大地之书"。

我和雪松兄不仅同龄，而且写字写诗的经历亦相仿佛，我们在艺术理念、审美追求方面也有很多共识。我们都已渐近六旬，一方面似乎真正在乎的越来越少了；另一方面，剩下的不太多的依然在乎着的，也似乎越来越性命似的在乎了。人们常说中年之后很难再结交新朋友，可能还会删减许多旧朋友。这不是薄情，因为许多朋友一起走着走着就渐渐地不能说交心的话了。不能一起说交心话的朋友，就很难称得上是真正的朋友了。人到中年都有许多这样的朋友，虽然也依然来往很密切，依然推杯换盏时常欢聚说笑，但大家心里都清楚，此朋友已非彼朋友了。雪松于我是能说交心话的朋友，过去是，现在是，将来也一定还是。我欣赏他的才华，更欣赏他的文人风骨——那种始终秉持的学术良知和为人处世一以贯之的仗义耿直。忆昔相识相知近三十年，已记不清第一次见面时的具体情景，也许因为他在我心目中的形象太具体太熟悉的缘故吧。近日，当雪松兄把这部书稿拿给我并让我写一点文字的时候，摩挲再三，我明白：这就是他当下在乎——且视若性命的。

雪松在书稿末尾，写下了这段话："真正的书将会是这样：封面，开始的人。正文，成长的人。封底，读不完的人。作者，人。读者，人。将书翻开，仍然是'人'字的形状。"(《其他及写作》)他说的"书"是一本物质意义上的书吗？我想不是。他说的是书的"写"，是及物动词，落在这荒原大地上的是点画结构还是诗歌文句，已经无须分辨。"空无一人。满地白花花的阳光徒自燃烧着。凝滞的空气中，能听见这燃烧所发出的细微的呲呲声。在这燃烧的低语中，大群大群停在院子里的阳光，像是满怀着渴望。"(《白花花的阳光》)当年，他那句"满院子白花花的阳光无人照料"，让许多喜爱诗歌的朋友着迷，并因此记住了诗人雪松的名字。今天，既是诗人又是书家的他，把一部沉甸甸的《大地书写》摊开在朋友们的面前，一腔翰墨几多深情，恰如"充满渴望"的"满院子白花花的阳光"——请你照料。

谨代为序。

己亥残腊于见山见水楼

目 录

荒　原……1

二　月……5

春　天……6

哺　乳……7

白花花的阳光……11

穿 堂 风……13

露天而眠……18

出　城……21

怀　念……23

火把李的梦……27

冬　至……31

锄 头 颂……34

玩　泥……35

鹰……40

行走的亲戚……44

老母羊……48

老　井……50

念……52

梨　园……54

孟良崮的桃花……58

对　手……60

田　园……65

葬　礼……68

告别仪式……70

乔　迁……74

黄河上的月光……76

黄河，作为一种修辞……83

在 海 边……91

站　立……96

正　午……102

在 山 中……104

西行散记……108

水的声音……116

溶　洞……122

乌托邦……123

无　语……127

远去的青草……133

心　仪……136

为一本时尚杂志所作的卷首语……138

笑　声……140

女　人……141

麻　雀……144

随　想……146

激　情……150

旧　物……151

母　亲……157

一盏马灯，一把油纸伞……159

季　节……163

抖　颤……166

卧　室……168

变　迁……172

平淡无奇……174

街　道……176

户　外……180

金　色……183

小　调……186

近在咫尺的阳光……188

行　走……189

动　物……193

风　声……196

时　代……198

长　度……200

谁能将平静坚持到最后……201

把　手……205

词　语……207

夜的中心……209

凡·高……212

卡洛琳·巴尔大妈及其他……214

落叶之美……216

柏林禅寺……221

底　色……226

其他及写作……232

后　记……241

大地书写

胡竹松

荒　原

　　苍蓝的、仿佛是沿着荒原刚刚铺开的天空，在目力所及的遥远处与荒原相遇，时间就从那儿开始了。我伫立着，或是整个伏下身来——我看见渺远的地平线，是被绿到天际、紧密无间的青草扛在肩上，在风中一起一伏，苍郁地飘动。

　　我独立在沾化北部的荒原中，随处行走着。原本明朗的思想变得模糊不清，豁然开朗的胸襟甚至不能容纳对这浩瀚时空的惊叹，就像天空无遮无拦的阳光，瀑布一样倾泻下来，溅起辽远深邃的回声。

　　这里是退海之地。细细地听，远古的涛声仿佛就在地表之下，在草根上汹涌。青草从脚下铺向天际，这种近乎悲慨的铺述不是你站在大地上就能领略到的——伏下身来，捋一把草，看看草根上粘连的星星盐粒就能明白，草的生命是靠着怎样的努力才在这样的土地上站住脚。而到了冬天，枯黄的野草是荒原的魂魄，没有它们，就没有荒原的苍凉之美、苍凉之诗。

　　荒原是寂静的。这种深入骨髓的寂静，在我的心上唤起了某种近似神谕的敬畏。在寂静与旷远的无穷处站着，我——一个身份不明的人，我是谁？我从哪儿来？又要到哪儿去？

风从远方的海上吹来，深入荒原的腹地。把手指放在舌尖上舔一舔，就能尝到隐隐约约的咸腥味。海风带来了鸥鸟，它们在荒原上的飞翔起落，在阳光下闪动着点点白光。它们的哗鸣让空旷的荒原平添着"前无古人，后无来者"的神秘。而在这一切之上，是盘旋的苍鹰带来的更高的寂寥。蓝天尽处的苍鹰，是荒原的孤怀。

不是漫步，更不是散步，我沿着遥远年代的海浪所遗的沟壑行走（只有这种步态才适合荒原）。沟壑是有方向的，而荒原四处都是方向，沟壑的方向淹没在了荒原的方向之中。在这无须辨别的方向中，我感到了时间的氤氲不清，生命的呐喊是一只悲哀的"坛子"——时间弥漫着，从四周向我聚拢，它打造我、锤炼我，它让我感觉到胸腔里的心脏在跳动——这节奏正是远方地平线起伏的节奏。

荒原上娇小的野苜蓿花常常是在翻滚而来又翻滚而去的乌云下开放的。这些迎风摇曳的花朵，在铺天盖地的铅灰色云层的衬托下，显得分外明丽而妩媚，但其夺目仍然是因为它们属于少数。这片荒原不能容忍过多的烂漫，只有抗碱性极强的植物才能存活——草和芦苇以最卑贱的身姿代表着这些异乎寻常的生命存在。

走近蓝天下的一汪汪碧水，抚摩水中的悠悠白云——这是荒原上的暴风雨在一年年、一阵阵狂暴的发泄之后留下的温柔。这里离神秘的芦苇丛不远了，因为空中传出了野鸭特有的粗悍而又带几分婉转的鸣叫。芦苇一片连着一片，看不到尽头，走进去就会被彻底淹没。秋后，黄色的芦苇穗在北风中起伏不定，骇人的传说在风中被摇晃出来。不仅因为路途遥远（穿过荒原，进入腹地），敢于赶着马车前来割芦苇的青壮年汉子，即便是备足了水、食物和马灯，其行为也理所当然地被视为壮举。

风在一刻不停地吹着。在深秋之后，风变得异常粗粝。就在荒原的色彩即将被这粗粝的风收走的时候，有一种色彩出现在广袤的荒原上——它凝重、深厚而悲壮，让人感到一种抵抗的精神，它就是能在寒风中变成血红色的红茎草。这种同严酷的盐碱相伴相生的植物，在严寒的威逼之下，像血液一样流动在荒原的躯体里，从秋后一直延伸到来年的暮春。而当青草繁茂起来之后，这种颜色就像完成了某种使命一样，悄然隐灭了。

在时间的聚拢中环视荒原，从天边生出难以名状的极想和对于时空的莫须有的追问——哦，在荒原中我就是一棵草、一朵野花、一条沟壑一样的痕迹——生命在时间中轮回，没有来路，亦没有归途。

离开荒原，回到日益精巧、烦琐的生存之中。把荒原揣在怀里，我感到了生命存在着，消失着……历史和正在身后追赶的时间之河，迫使我从眼前具体的事务中抬起头来。

把那份辽阔、苍茫留在生命里，我的身体中正有一股"大荒之气"在弥漫。

苍蓝的。仿佛是沿着荒原刚刚铺开的天空。在目力所及的遥远处与荒原相遇。时间就从那儿开始了。

——自书《荒原》语句

二　月

　　灰色——经历与选择交叠处刻骨铭心的颜色，停在华北平原的二月——一种不曾远离也不曾开启的心境停在车窗外。天地之境仿佛被人重重地呵上一层厚厚的浊气：沉闷、单调、氤氲，纠缠不休，堵在胸口。石头砖房失去棱角。用力细看也看不出一点绿意的杨树恹恹地呆立着，它在心里呼唤着——风，哪怕是最凛冽的寒风（它还不敢奢望阳光能迅速硬朗起来）。我甚至听到它在诅咒身上背负的已死的枝丫。划着一道道生硬白印的柏油路上，牲口毫无表情地拉着车，它暗暗吃紧了力气的胯下，没有往日浓重的阴影（那阴影里的睾丸搅动着勃发的春天）。毫无表情的村舍，空无一人的田野，机械地在车窗上颠簸着。路旁，饭店门前招呼客人的小伙计，重复地挥动着麻木的手臂。一切都淹没在化不开的灰色的死里，连飞驰的汽车也伤不了这坚硬的灰色——无形、不动而又严严实实。寒冷中养育起来的勇气被脏雾的灰、树的灰、干燥的土地的灰、眼睛里的灰吞噬——全部堵到了嗓子眼上，像一口怎么咳也咳不出来的脓痰。灰，漫进了车窗，落在衣服上、行李上、瞌睡的僵硬的脖子上，甚至被妈妈搂在怀中的小姑娘的花头饰上——一切都没有生机和快乐，这当然不是人们的本意。抖不掉的灰，成为人疲惫身体的一部分。感觉、欲望、说话的冲动甚至沉思，都被灰淹没，没有一点烧过后的余温。世界从未如此彻底过，无论是红的热烈还是蓝的清澈。二月是灰色的——"二月，墨水足够用来痛哭"（帕斯捷尔纳克）。车厢前面，几个第一次出远门参加考试的少年，热烈地谈论着他们未来的前途——我听到（而不是看到）灰色以外的颜色……

春　天

　　当春天变得比较浩大气派以后，我常常要从城里回到鹧鸪鸟与柳笛的故乡乡下去，去看在土地上弥漫起的梦境一般的水汽，而且，长久以来我以为这是属于我的一种观察和体验——这种景象不能马上被看到。我和粗手大脚的农人们谈论春天的农事（只有谈论农事的时候心情才不烦乱），看画似的读一读房舍、炊烟、柳树上飞舞的孩子们捉来喂鸡的老巴虫，我的心完全沉静下来，感染上田野的气息，这是必需的准备。几天以后，我独自来到田间，不能站着，也不能半蹲着，而是整个身体俯卧下来，使视线同大地平行。这时候，那种类似梦幻般的景象才可能出现——它宽阔地，像淡淡的水雾一样氤氲起来，涌动、弥漫、蒸腾，淡蓝色像一面游动的镜子，从地面上不停地冒出来。它像土地呼吸出的温热的气浪，在阳光中变幻着缤纷的色彩。俯卧在地上看着这种气浪，仿佛听见大地在微微喘息——像人一样地喘息。我知道，这种景象就是农人所说的地气，它压抑了整整一个冬季，在春天到来以后，它要抒发出来。但在我的感觉中，却远远不止这些——我的确看见了，大地正用力开合心房，并且，同我的呼吸相应和。

哺　乳

我见过年轻的乡村母亲在旷野里哺乳的情景。在多风的华北平原的春播或秋种时节（甚至是雪花纷飞的冬天），在尘土飞扬的地头上、沟坎上、场院里，在随便哪一片杂草坡上，在一切同节气抢时间的劳作的小小间隙，甚至来不及停下手中的活计，她们用沾满泥土和草汁的手解开碎花的夹袄、衬衣——与她们锄地或拔草的风火与粗犷不同，此刻她们手的动作略显细腻和温存，像打开她们曾压在箱底的寄托着情感秘密的绣品一样，认真而小

春天

——给李志华

着急地写下春天
跟一个国家没有关系
跟上班的单位和家庭
也没有
我上街买酸奶

看见路旁的枯草里
似有星星点点的绿
有吗——其实没有
也没关系

——自书新诗三首

大悲咒

一轮朝日，不用懂

早晨。运垃圾的人
冒着热气的路旁
早餐摊。闯红灯的人

不用懂。大悲咒。不用懂

东苟小学

东苟小学
是树叶上的
一缕清风
是张老师的圆口布鞋
碗上的一双筷子
擦得锃亮的,那盏
煤油灯罩

是走出课本的春天
是沟渠里镶着银簪的流水
燕子的朗诵
蝌蚪的算术
——对于土地上的事物
我们很早就睁开了双眼

一片桑叶上的
东苟小学
我像一枚蚕抬着头
一堂未结束的
草虫课

心。她们解开扣子，一枚、两枚……动作里的坦荡和雍容将旷野上开阔的阳光推至天边、推至每一片草叶。与她们黑红粗皴的脸膛完全不同，她们的乳房白皙而光洁，像储满阳光的粮囤，露在一阵阵寒风粗粝的拍打中，露在噗噗吹响的土粒和草屑中，露在麦苗上的冷霜和异性粗野的玩笑中，露在令人惊心动魄的天地之间。饱满着，震颤着，鼓胀着，像秋天丰硕的浆果，鼓胀着大平原的疼痛。

我是一位城里母亲的儿子，但在我至深的母爱里却没有奶水（遗憾，胃病伴随着我虚弱的体质）。我不知道一张饥饿的小嘴在触到母亲多汁的乳头时的感觉，但我曾怀着渴望，在很近的距离目睹过、钦羡过（我幼年在寄居的乡下度过）。那一张张大口大口吮吸着的小嘴里，发出咕咚咕咚的声音——奶水下咽的声音。那声音厚重、有劲，仿佛来自大地深处。溢出嘴角的奶香，引来蝴蝶、蜜蜂和昆虫。奶香里包含着青草、泥土和庄稼的气息——来自旷野的底气使那些孩子有着我难以企及的健壮。

白花花的阳光

寂静。纯粹。

白花花的阳光中，没有一丝杂音，也没有一丝杂色，只有知了单调的叫声加重着中午的寂寞。

整整一院子白花花的阳光，无遮无拦，严严实实地铺满了院子里的每一个角落。树在院子外面，院子里甚至没有杂草。干打垒的泥土院墙，泥土的地，让阳光变得更加强烈、刺目，燠热无计。仿佛只有泥土作的底色，才使阳光的强悍呈现得一览无余。

空无一人。满地白花花的阳光徒自燃烧着。凝滞的空气中，能听见这燃烧所发出的细微的哗哗声。在这燃烧的低语中，大群大群停在院子里的阳光，像是满怀着渴望。

是谁生了它们？谁养育了它们？又是谁让它们在这里满怀渴望地燃烧着？

没有人、没有响动、没有一丝杂色，满院子白花花的阳光无人照料。

在这样安静、猛烈的阳光中，午睡是漫长的。沉实的睡眠是我终生追求的幸福。躺在凉丝丝的油布单子上，头枕着瓷猫，均匀的呼吸伴和着寂静的乡村的中午，仿佛这中午时光就是我的呼吸吐纳出来的——像一条鱼停在水中一动不动，只有鳃轻轻翕动，吐着水。

当一梦醒来，闭着眼睛回味，睡意虽未完全消退，但回到乡村的午睡，无论深度和长度，都大大超过了我的预期——四小时还是五小时？我全然不知，仿佛在城里的失眠，都在这里补回来了。蒙眬中我想：此刻或许已是傍晚时分，应该去田野走走，闻一闻弥漫在村庄周围的晚炊的香味……

然而，当我起身凑近窗户朝院子里张望，仿佛不由自主地进入了另一种梦境——时间并没有过去，院子里的阳光依然强烈、刺目。即便隔着窗户，眼睛仍然不能完全睁开，令人眩晕的阳光使我恍惚、惊诧：它们是从哪里来的？我仿佛从未见过它们。它们纯粹得有些单调。它们是前世遗留在这座院子里的吗？然而，它们又是那么熟悉和亲切——它们是从我的梦中跑出来的！是我在忆念中经常捕捉的一个意象、一个念头，一些时间在一个人心中走过时留下的斑斑痕迹。

窗外阳光炽烈，土坯屋里显得幽暗。明暗对比在变化，蝉声带来孤寂。光阴在慢慢地、一点一点地逝去。我仿若又看到那个孩子（那是我吗？），在大人们下地劳作离去之后，在迟迟的午睡之后独自醒来。他站在空无一人的院子里，站在满院子白花花的阳光中，使劲地揉搓着惺忪的双眼。

穿 堂 风

贫穷而听着风声也是好的

——罗伯特·勃莱

老屋的穿堂风带来漫长暑期的慵倦、冥想和沉睡。已经过去多久了，我仿佛仍然酣睡在凉滋滋的草席上梦想翩跹（虽然那梦中的一切简单而贫瘠：青蛙的纵身一跃；遥远公路上与我无关的汽车令人惊喜地向我开来；一块惹人垂涎欲滴的糖果；一阵从雨滴上吹来的风……）。整个一生最优质的睡眠都在那儿进行，消耗掉了，却仍然不满足。那份沉睡的执着和甘美，对于长大后我的经久不息的失眠焦虑仿佛是一种预支和垫付。

这是北中国一片又一片遥远幽闭的村庄，一片又一片直面雨雪风霜长满枯黄野草的泥土房顶。通往外面的路像沟渠的土坎坎一样细仄弯曲——这里能藏下浩大的秘密生活（就像无人打扰的睡眠），并且寂然无声地千古传递。这里也是人世暗暗铺排的尾声，就连浩大的东南季风在热带的海岸携带充足的风雨登陆以后，眺望广漠的悠远而逐渐走向纵深的北中国的乡村，也丧失掉了它

贫穷而听着风声也是好的
——罗伯特·勃莱诗句

的千军万马风驰电掣。当它跋涉来到古老村庄，我家的老屋——几辈子人住过的传递着宁静寂寞的老屋的时候，它的呼吸已变得微弱如游丝了。或者说，它的能量被这里更深厚古老的沉静的力量吞没，就像一块石头落入深井中。

正是在这干旱、凝固的地方，在这廉价绿豆汤的酷热天气里，穿堂风慰藉了我整个的童年时代。

近在咫尺的屋门外，灼热的阳光像滚滚白炽的钢水在浇铸。在它的疯狂之下，天井里的一切处在忍耐之中。大黄狗在南墙根下格外厚重的阴影里大口喘气，它长长的舌头变得焦干。松恹恹的秫秸栅栏和墙头上的丝瓜叶、扁豆叶，还有那几棵老杨树本就不肥厚的叶片，更像是丢失了肩膀，卷曲着爬满星星点点的枯意。只有黑暗低矮的老屋，拥有着厚厚的每年都要抹一遍泥浆的土坯墙、老式木板门、灶台、柴烟熏黑的屋顶、燕巢和埋入地下半截的水缸的老屋，像一副真正的盔甲，保留下了一年年、一代代积蕴的一丝潮湿阴凉的气息（它甚至就是一抹若有若无的感觉）。北墙上连着后院的门像前门一样洞开着，流动的空气夹裹上这丝丝潮湿的凉气——穿堂风便荡漾在我的慵倦、冥想和沉睡之上，撩起微澜的梦境……

那是怎样的一丝微风啊！那时我尚不懂得打比喻，但我知道，穿堂风抚摸着我每一块皮肤和整个的心灵。它荡漾的婴儿般的手不曾抽回，它撩动我最初毛发的余韵留在了我的生命里——毫不紧张、轻柔絮语般的推动把睡意和慵倦带来——没有一点心事的平静，这种平静像禀赋一样使我后来的人生有了另一种颜色，甚至有了对它的依赖和永久的期待。

在母牛反刍般宁静的乡村里，睡眠本不是神奇之物，更何况有穿堂风的滋润呢！从分娩就开始毒辣辣的太阳升到杨树半腰，昨夜留在杨树叶上星星鲜亮的露水荡然无存起，我就在老屋疙疙瘩瘩的土地上，在祖母为我铺下的草席上躺下。天井里的"火"越烧越旺，空气仿佛凝固了，灼目的阳光像一个泼妇赖在门口。我仰看着黑黑屋梁上的燕巢，黑衣白肚的燕子飞进飞出，叽叽喳喳。后来它们就只飞回不再飞出。随着伏在燕穴边上的燕子开始打盹，祖母的念叨便如哼曲一样在我的耳边轻声哼唱起来：南来的风，北来的风，好凉快呀……在她一遍遍的祈祷中，一丝丝穿堂风便无比美妙地响动起来，睡意安然抵达了。不知不觉中，我往往要一直睡到太阳落下墙头，暮色涌起在天井里。

如同这漫长的暑期一样，在穿堂风里，祖母总有纳不完的鞋底，就像她眼前打发不完的日子——她磨得光滑的针线簸箩，她那在头发里磨针的动作，咪咪的单调而好听的抽麻线的声音，始终伴随着我的呼吸和梦境。她粗糙的手指上像一个紧箍一样套上去的顶针，从未见摘下，那上面一个个凹点都快要磨平了。她披着一件蓝色粗布对襟单袄，她低垂的乳房裸露着，上面布满了褶皱，她苍老的怀抱就像这老屋，像这老屋里的燕巢，一只只燕子从这里飞走，有的飞回来过，有的没有再飞回。

村庄在炽热的阳光里像晒蔫的庄稼一样毫无生气，偶有一两声泛着白色的昏沉困倦的母鸡的叫声和穿乡换针头线脑的叫卖腔调。在我享受着穿堂风无限满足的沉睡中，也常有村里的爷爷奶奶、大伯大婶顶着满头大汗到我们老屋里坐坐，他们或是刚从田里回来，或是来借耧或者犁之类的农具。在穿堂风里，他们像是自言自语——地里缺水了，草长高了什么的……他们的语调平淡而无奈，因为那些事不是说办就能办好的。在睡意蒙眬中，我偶尔听到这些与我无关的事情、这些平常的事——它不像大孩子们讲的那些骇人的鬼神故事，让我害怕而又欲罢不能，但我还是愿意听着——长大以后我才知道，那些在深远乡村的老屋里吹着穿堂风的可说可不说的闲话里包含了辛酸。只有仁慈的穿堂风慰藉着这些眼前的事，和暑期里的日子。

　　穷人有什么呢！在这酷热难当的天气里，他们无处可去。他们蹲在村庄的深处（就像冬天蹲在朝阳的墙根下），在门楼下、树荫下，靠着一丝凉意的气息活过一个又一个季节，我的伙伴们也在那里做着简单的游戏。穿堂风属于皮肤、肠胃，甚至听见它蛛丝马迹的响动也使人无比快慰。

　　漫长的暑期过去了，立秋以后祖母便不许我在穿堂风里睡觉，因为那样容易得病。大半个人生过去以后，我很怀念处于生活源头中的事物，比如乡下老屋里那丝丝缕缕的穿堂风。

露天而眠

像字圈在格子里，写作与城市里的居住纠缠在一起，被悬浮在半空中，固定在某种方向里，同大地失去联系——它曾是那么悠久、朴茂、深厚、细微如丝。仰卧而眠，背紧靠大地，眼睑融入茫茫星空……在那古老的睡姿里，人类曾是大地的一个细节、一根呼吸的脉管、一片梦想的田园……仰躺在软绵绵的席梦思床上，双手叠放胸腹，放轻呼吸，微闭眼帘，我曾无数次寻找过那种在大地上露天而眠的感觉。然而，心灵的密码刚刚拍出（或许根本无力拍出），立刻被镶有精致灯具、低矮而坚硬的房顶截断。地毯、粉饰的墙壁、钢铁和水泥的伦理——久而久之，心灵的任何震颤和呼唤都显得可笑。对于一个久居城中且属文明一类的我来说（那隐私、那羞赧、那文雅的规范），像流浪汉一样随意而散漫的露天而眠只是一个滑稽的非分之想。

那曾经开启过我幻想之门的满天深邃的星斗，那曾经赐予我的肌肤、骨骼与心灵以无限滋养的大地之气，回忆中正是曾经有过的露天而眠带来的。那是少年的北方乡下，整整一个夏季的夜晚，我和后来的生命中白白浪费掉的最普通最根本的事物——安石头与鱼都是生命形式，一个动一个静，是世间值得尊重生灵。阿弥陀佛，尊重动的亦尊重不动的，不以形式而加以区分，视众生平等不分轻重大小多寡。只有如此，爱才是完整的，美方能充分完整显现。——鱼石图谧的天井相依入眠。辽远的、神秘的星空。月亮挂在院子里的榆树上，树影婆娑满地。蛐蛐在耳边奏着歌谣——一幅画、一首诗（记忆中我的写作就是从那个情境开始的）。我仰躺在月光下的草席上，虽有露珠从树叶上滴下，凉凉地打在脸上、身上，可晒了一天的地皮的温热仍透过席缝暖洋洋地烘着皮肤。痴望着星空，星空仿佛就要覆盖下来，眨动在睫毛上。随着祖母哼唱天上一颗星，地上一个人……我仿佛要飘动起来，从这颗星飘到那颗星——蒙眬中，有小虫子爬到我身上走走停停。院子里有一点响动，大黄（我们家的大黄狗）就从旁边凑过来，用它潮湿的嘴巴子拱拱我的脸和手——吵醒我的是第二天的晨曦。当我赤条条地躺在地上（身下的草席已空在旁边），感觉头一天的地温还没有褪尽就又升上来的时候，一睁眼，天已经大亮了。

露天而眠，大地赐给我沉实、完美的睡眠和宽厚的梦乡。从地心传来的神秘响动、那些弥漫在心中的丝丝缕缕，都使我看见后来的存在与写作——苍白的、无根的生命浮漂，如同城市里的居住，缺少或说是隔绝了同大地不可言说的联系。

楼房前后昼夜施工的建筑工地上，喧嚷纷扰热火朝天。眼看着崛起的栋栋大楼把空间挤对得一再萎缩——就像人与人之间沟通的路径，我想起《茅屋为秋风所破歌》，我看见人们奔波的脚步，在为了居住——舒适的现代的目的而耗尽精力和智慧。干枯的夜晚，失眠、噩梦连连……我也曾看见人们不断地奔向乡野山间，在大自然中期求安然栖居的种种努力。露天而眠——一个处在不断建造、又不断出走之间的无奈的冲动和神话。

出　城

　　从汉语字典上看清楚这几个字,依据我的居住渐行渐远的几个字：城、城墙、城楼等等。有集中的人口和发达的工商业（以及发达的恶），且与乡村相对称者为城。出了城称为郊,郊以外为甸。我在出城之后,越过了郊,到了称为甸的那片空气、那方景物（地气。澄明的鸟羽和嗓音。风中粗粝的野草气味。热腾腾的马粪和红缨鞭梢……）,才感到我已身在城外（因为郊已被城奸污,零零散散的是城的余孽）。出城的工具是汽车（啊,那些意象般的往事,那把油纸伞、毛驴、青布长衫和那副悠久的心境）,红色的桑塔纳。钢铁和汽油。从反光镜里可以看见飞速旋转的车轮——速度。隔着窗玻璃（因为害怕尘土和汽油的文明,所以也闻不到别的什么）,隔着遮阳的滤纸,那变色的草绿,旧画板似的村舍。杨叶只有在品咂阳光的时候,才勉强可以看见星点嫩绿。慢慢地,汽车前的玻璃上,雨刷开始机械地摆动,春雨怯生生地来叩车窗。细密的雨滴哭泣在玻璃上,充满了想要亲近你的渴望——迷蒙、凄切,像大地母亲绵密的针脚。我仿佛又回到城中,回到无数次关闭了窗子站着看雨的情景,回到那份打开胸腔拥雨入怀的冲动——然而,窗子很严,任雨水焦灼地跳跃(它要同我说些什么?那透明的小拳头!)。因为我久居城中,已经城府颇深。

怀　念

怀念祖父，就是对一大片土地和粮食的怀念。纯粹的怀念散失已久，离开了心已久，站在土地上远离了土地已久。

由于祖父的故去，或是对土地的彻底皈依、永恒的合拢，现在，土地和粮食就是我的法律，我必须像圣徒一样膜拜和歌唱它了。祖父葬仪上的幡、跪、祷语，以及在向光明的大路行去的火焰中，我漂泊半生的灵魂沉着下来，降在大地上生灵的旁边。

久久以来我需要支撑。

我曾经不止一次地写过有关祖父的文章，我写过抬着祖父的棺材要经过一条河——这里没有河，这里的土地常年干旱，这里只有沟沟坎坎。比起干旱在大地上划出的最清晰、最真实的道道伤痕，任何虚构都是羞耻。

我看见过的色彩或许该寂灭了，比起我在祖父葬仪上看见过经历过的那种白色。在古老的月光下，在黄土色墙壁的大面积隐现中它披挂在我们身上，并且幽深地进行。我从未像那一刻一样真正感受过白色——它庄严、高贵得令人震惊。它使我所看见的世上的一切颜色显得那么不真实。它是原色，是一切色彩的根。

节临《秦诏版》之"始皇诏椭量"
释文：廿六年，皇帝尽并／兼天下诸侯，黔首大／安，立号为皇帝／乃诏丞相状，
绾／法度量则……

——意临《秦诏版》之一

现在我明白了，我们天南地北所奔赴、所行进的是原色。

我需要支撑，但并不是站着就能找到。

祖父的故去意味深长——他赶在了麦收之前，他不能让他一生所追寻的粮食因为他的死而得不到珍重。所以当我跪在麦地，看见祖父慢慢沉入麦子的根部。我听见麦穗的内心悄然灌满生命的汁液，我和麦子如此亲近，从前未曾有过。

那些在祖父的葬仪上扛着镐锹的人是伟大的,我不能细述;那些赶来哭泣的同祖父一样卑微的远方亲戚是伟大的,我同样不能细述,我只是强烈地感到了这种伟大——他们不用靠知识来研究死亡,他们像大地的一切浑然而行进。他们的哭泣就是广大的民歌的父母、一切乐音的原色。他们在埋葬我的祖父时所创造的力度和节奏就是最真实的劳动节奏。

在祖父故去之前的漫长岁月,我试图理解土地和粮食,但我不能——站着理解土地是可笑的——或许我永远不能，因为我终生在享用粮食。

朴质、宽厚、刚烈，这些品质，不是说说就可以具备的。

祖父是一本大书。他过于简单和平凡。他生于1903年，他所经历过的时代就像石头上面的水一样流过去了，而石头还是石头。他平凡到他在土地上弯腰劳作的时候你看不见他，他和土地就是一个概念。所以，我感到了为匆匆人生所浪费的才情，整个智力和理解力偏离了方向。

祖父的故去是一种启蒙，要真正理解他是困难的。因为我们不具备的品质恰恰是我们用汉语表现出来的，而祖父就是汉语的一个词根。

一生像面对宗教一样面对土地和粮食的人，对他的哀悼和怀念，不可能仅是哭泣。

在现存人生中，学会膜拜根本，因为需要支撑。如果不能说出真理，请对诚实的大地保持沉默。

祖父不回答，因为他是一片厚土。

火把李的梦

挤呀……挤呀……

从进村的土路上就开始挤，一直挤到火把李的乡集。

农历二月初二，赶乡集的火把李是一个梦，一个在华北平原深处像榆树枝上密密麻麻蹲着的小蓓蕾一样的梦，一个被人和人挤热了的梦。

人们隔得那么远，好久没有这么挤过了。刚挤进来时还有些不适应，可挤来挤去，我就喜欢上了这种挤——我挤得汗湿了内衣，浑身热腾腾的。料峭春寒被挤出了火把李，被挤出了一个一个慢慢移动的身体。

挤呀……挤呀……

没有人计较踩脚了、蹭脏了，没有人需要道歉和客气，仿佛大家都需要来一场挤出的痛快，挤出整个冬天积郁在身体里的沉

火把李的梦

闷——你拥着我，我拥着你，鼻息吹拂着脸颊，前心、后背挤在一起。

我的身体在挤——挤着长白胡须的老头、头上蒙着各种颜色头巾的大娘、戴耳环抹着红嘴唇的乡村时髦女孩、细皮嫩肉的城里人、端着照相机的记者、调查民俗的戴眼镜的教授、已经敢于公开手牵手的乡村恋人、伏在大人背上吃糖葫芦的铁蛋铁柱们……我的眼睛在挤——挤着一张张开春的脸、一个个晃动不已的后脑勺、卖布的、卖菜的、包子笼上弥漫的热气、配猪的大种猪、卖种子的、插满糖葫芦的草秆子、古董摊上的往事……我的嗅觉在挤——挤着炸油条呛人的油味、乡村包子特有的香味、人身上很有劲的烟味、姑娘脸上的雪花膏味、新鲜蔬菜上的田园味……大红大绿的花布卷挤在一起，皮鞋、凉鞋、布鞋、高跟鞋、方口鞋、大鞋、小鞋挤在一起，油炸糕、长寿糕、蛋糕、麻酥、芝麻糕挤在一起，镰刀、锄头、镐头、绳套挤在一起，柳树苗、槐树苗、杨树苗、石榴树苗、苹果树苗挤在一起，蔬菜和露珠挤在一起，山楂和蜜糖挤在一起，货郎摊上的小玩意和孩子们的欢天喜地挤在一起，整个火把李和货物挤在一起，和南来北往的人挤在一起，和深远的乡俗挤在一起，和初春的气息挤在一起，和一个纷纷扬扬躁动不安的梦挤在一起……

挤呀……挤呀……

严寒过去了，与农历二月初二挤在一起的河南张的泥塑（泥娃娃），却是在去年的秋后就备了泥胎。泥塑艺人们用种地的大粗手塑胎、找形、涂彩，描一冬，画一冬，描画了整整三百个冬，可那眉眼里竟没有一丝冬天萧疏的痕迹。粉红的脸蛋挤在一起，眉毛、眼睛笑得挤在一起，大的、小的挤在一起，身上的花儿挤在一起，大红大绿的颜色挤在一起……那大红大绿像田野上的阳光一样纯净、大胆，像田野一样厚实、淳朴，像泥土里生长的梦一样红火。那份安然喜庆，你从火把李挤在一起的一双双眼睛里就能读出来。

泥土——颜色，河南张的泥塑简单得不能再简单、土得不能再土了，但手艺和传统像源头一样在大地深处传承，在人心里传承。我感觉那些大大小小花花绿绿挤在一起的泥娃娃，就是我们的祖先，他们正在笑眯眯地看着后代们——热火朝天地挤。我似乎明白了，在二月二的火把李，那些变了形的现代金刚娃娃为什么遭冷落，那些穿戴整洁细皮嫩肉的城里人，为什么要跑几百里路到泥土的火把李来挤一挤了……

挤呀……挤呀……

冬　至

在这一年的时光中，冬至这一天是最干净的——因寒冷而格外素净，它像水晶，阳光灿烂，晶莹剔透；它像寒冷中的树枝，在一尘不染的蓝天的衬托下毫无倦怠之意；它像冰面上冰刀划出的花纹，流畅而安静；它像我从集市上买回的萝卜，泛着青虚虚的光；它更像早年的乡村里，那从甜水井边一直逶迤到各家各户门前的水印。啊，早年，冬至是属于早年的，那些落叶上的霜、那些与住户居民相守一生却还矜持的麻雀，到院子里来了。那揣着手出村遛牲口的老乡嘴边呼出的热气，那布袋里金黄的小米，那坐在门口晒太阳的长者的胡须——那么安静、明朗——它传递到我今天的心上，我选择那与冬至相配的事物、那些与大地关系密切的意念体验冬至。我关掉了网络、微信，放弃词语，用一粒米的眼光看待家里的一切——散步、洗脚、读书、睡眠，并且打算在繁星高照的梦中长夜，与一只野兔一起漫游冬日旷野。虽然旷野已破碎不堪。

不逢殊绩，何用再光。
水眺悠晶，林望幽长。
夕凝晓露，昼含曙霜。
秋风夏起，寒鸟春伤。
——选临《石门铭》

不逢殊績何用再光水眦

锄 头 颂

锄头是不明之物。它站立在柴房或门楼的木板门后面，静静地，往事似的——在黑暗中可以被顺手抄起，扛在肩上。它以黑暗中的缄默不语概括了一些人的一生身世。

锄头由铁和木头组成。它的木柄圆长，同人一样高或高于人，不仅是劳动的经验，是否更暗喻了人同它的关系？长久以后，木柄变得光滑细腻，被人的手磨出了好看的木纹，一层层，一圈圈，圆润光洁——那种手感，让所有绝妙的工艺黯然失色。在那圆润里，许多人生在田野太阳的暴晒里消失了。锄头侍奉过两代人、三代人……如果对劳动怀着耐心和敬畏，锄头就会更长久地延续它的寿命，但这不是祭奠。

锄头铁的部分，是马弓着头颈的形状——马豪放的气势被猛地拽回来，形成一个弯曲内敛的弧，就像是粗头粗脑蛮劲十足而又纯正善良的农民兄弟的命运——只有这样才能长久地（不是一时一地）经历劳动，经历意志的考验和对土地的依赖和忠诚。铁被磨亮，在茫茫土地中耀眼地闪光，在太阳下，那种闪亮是一种微不足道的安慰、一种微不足道的荣誉、一种微不足道的瞬间、一种不被看重的见证……土地在这种闪亮中显得冷漠。

锄头是不明之物，没人能说清它的长久、它的易懂、它的唯一的含义、它的不会被曲解的心灵。

玩　泥

　　世界上最简单、最彻底的游戏——一切游戏的起点。它始于一个人同大地离别前最后的留恋。在庭院、河边，吹净天光里的浮土，一群光屁股的孩子深陷在泥团中。取自河底的泥土，温润、柔软，像母亲的乳房，天生属于他们，属于他们无所顾忌的鲢鱼一般的手。他们的捏弄有着舞蹈的性质。他们手中的兔子、羊和狐狸都处在舞蹈之中，没有被赶进生活。而当他们尝试捏一些他们未曾看见的事物，泥土的光泽瞬间显得肃穆。他们的手有了停顿，因犹豫和猜想而产生片刻的失神。在这之前他们贯穿在泥团中，也许就在那一刹那，他们发现泥越玩越少，泥不知都跑到哪里去了。不知被谁偷走了。他们光着屁股回家，泥藏进了他们的身体里。

节临《秦诏版》之"始皇诏橅量"

释文：廿六年，皇帝尽并兼天下诸侯，黔首大／安，立号为皇帝／乃诏丞相状、绾／法度量则……

——意临《秦诏版》之二

廿六年皇帝盡
并兼天下諸侯
黔首大安立號
為皇帝乃詔

学而不思则罔思而不学则殆

子曰由诲女知之乎知之为知之不知为不知是知也

子贡曰贫而无谄富而无骄何如

子曰可也未若贫而乐富而好礼者也

曾子曰吾日三省吾身为人谋而不忠乎与朋友交而不信乎传不习乎

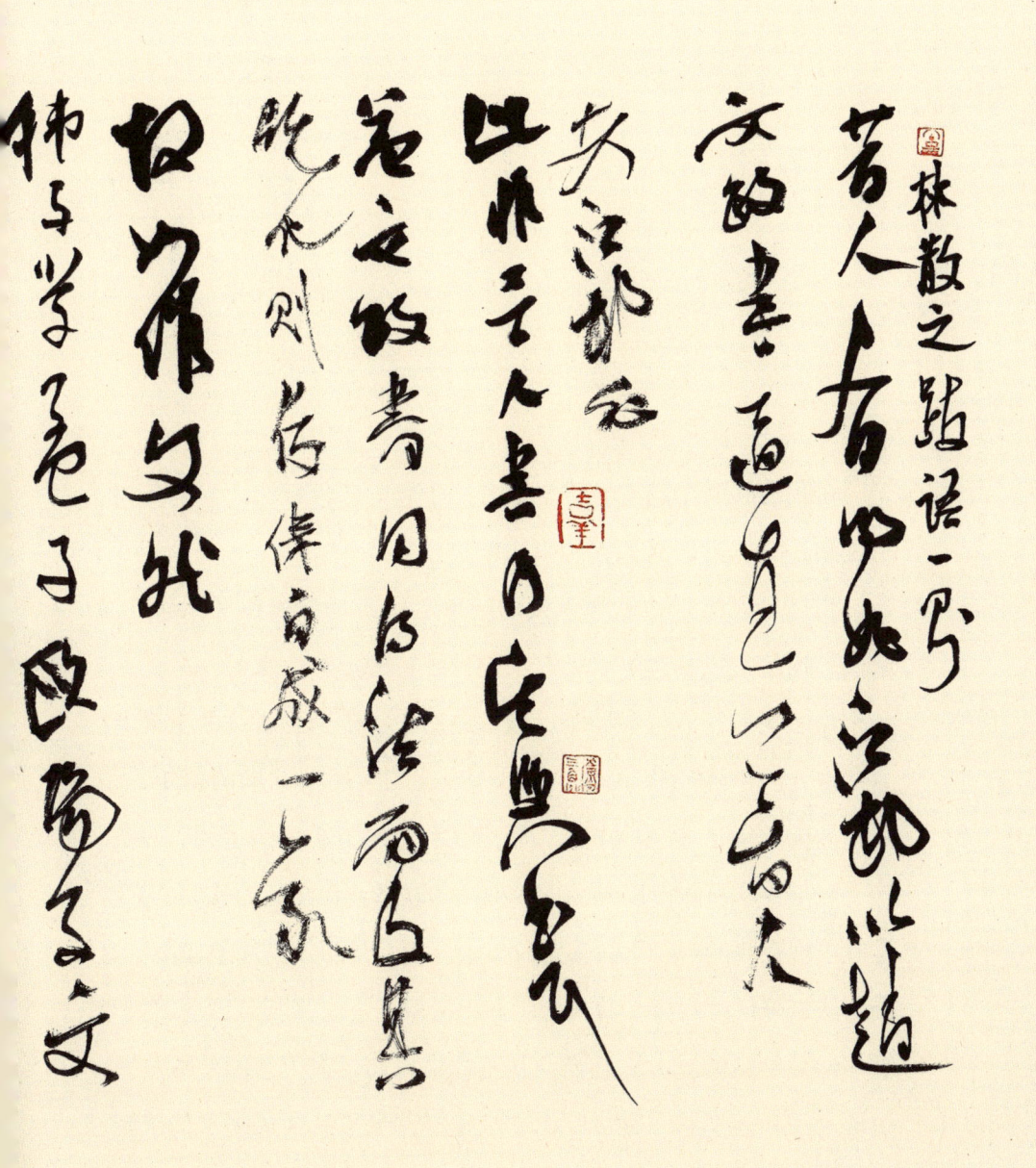

昔人有问姚江村以赵文敏书逼真晋人者,江村白:此非晋人书,乃吴兴书耳!盖文敏书固得法,而及其既化,则俊伟自成一家。故如作文然,韩子学孟子,欧阳子文学韩子者,而其文无一篇摹拟韩子。盖曰:师其意不师其文。欧阳子亦曰:孟、韩文虽高,不必其似之也!文敏在胜国,以文章名家,故得此意,见之书法。友人携此册示余,展玩数日,因书其卷末。

——林散之跋语一则

鹰

在我的族谱里没有鹰,也没有关于鹰的任何记忆。只有枣树、兔子和一只妖冶的火狐繁衍出来的枝枝蔓蔓。

我只是孤零零地站在无人的河岸上,或是盘桓在平原深处仰起头、眯起眼睛并偶尔看见它——像一粒种子那么大的一个黑点、一个小小黑影,穿过平原午后寂寞的白光,落到翻耕过的土地上。

作为一个连幻想也跑不出村庄以北二十里河北岸的少年,是辽阔的天空铺下蓝色的绒毡,帮助我和它签下心灵的盟约。

鹰是我同河北岸以外的世界唯一的联系。在高远的秋天,它会定时出现在我的视野里,又定时离去。鹰总是不厌其烦地在高空盘旋,从未降低过高度。我只能看到它的双翅完全张开、不动、抚摩着一片片洁白的云。它在高空从不扑扇双翅,在很悠闲的滑翔里,仿佛有一种迷惘、一种寻找。它一定是看见了我久久渴求的眼睛,看见了一颗少年的心,或是完全忽略了痴迷的我、忽略了它带来的影响,感到没有同我交流的必要。在我寂寞成长的许多个秋天里,我把自己的魂魄交给了它,而我徒自站在地上不知所措。

鹰从未离我更近,最近的一次是在梦中——当割猪草的镰刀割破手指，我感到有一阵风凭空吹起、由小变大。风吹倒的片片青草上，闪出绿色的油光和令人不安的唰唰的声响。在迷乱的风和尘土的旋舞中，我突然看见一双像老枣树树杈一样坚硬、曲折，闪着凛凛寒光的爪子，瞬间将我抓起，带向高空。

但我仍不能看清它，它的身体覆盖了我的恐惧。

我迷惑不解地仰着头，看着它无休无止地盘旋，像一个谜团在高空的光线里闪闪烁烁。除了镰刀、草筐和阳光下我长长的影子，我没有伙伴。没有人愿意和我一起，痴迷不悟地仰望那只鹰，或是跟着它奔跑——跑过庄稼地、壕沟、树林，一直跑到河北岸我从未去过的地方，而这样的范围对于一只鹰算不了什么。

有一段时间我几乎忘记了它，忘记了头顶上的天空。

青春，在日益繁重的劳作中来临了。秋天，我沉溺于棉花的飞絮和玉米缤纷的紫缨。秋天带来了情欲，田野里干活的女人突然变得美了。就在那时，我拥有了伙伴，拥有了一群偷听女人说话的朋友。我们终日徜徉在平原深处，把偶尔出现的小土丘想象成我们从未触摸过的女人的乳房。恣肆在他们中间，寂寞像平原落日的余晖，更深地覆盖了我。

我在村落之间的小集市上闲逛，在爆米花的香味和花花绿绿的针头线脑中郁郁寡欢。当集市在铁匠铺的铁砧上散尽，清脆的有节奏的叮当声还在空中回响，有几声掠过头顶的乌鸦的鸣叫让我抬起头来——我又看见了飞翔，很低的飞翔。但我知道，鹰不会轻易地降到这样的高度。

我从未像看一只麻雀一样细细地端详过一只鹰，是一个过路的异乡人满足了我的愿望,他带来了一只很大的鹰——一只死鹰。死鹰躺在一只笼子里(仿佛死了也怕它飞走),那在高空自由飞翔的一对硕大无比的翅膀,此刻毫无生气地瘫成一团,尖锐的爪子弯缩着,仿佛发出痉挛之声。但它的眼睛仍然睁着——它是在看我吗?在那曾经迅疾而威严的目光里,仿佛埋着深深的遗憾和一丝温柔的歉疚。

父胸痛，前几日将 X 光片捎于济南自牧兄请专家会诊，今晚接到自牧兄电话转告结果，谓之陈年性结核。（无大碍）吾心胸豁然开朗。十二月六日

与学军、王虎诸兄弟同登无棣大山。山不高且孤立，然足以俯瞰周围旷野。据称此山乃燕山余脉，为勘探胜利油田之重要地理参照也。五月二日

仰望星空，幼时有之。繁星似梦，不复问人间之事。至中岁，庸物缠身，无暇仰望星空也。今夜忽有兴致，推窗举目。繁星晶莹，且不能将吾心绪引向渺远，奈何！九月十日

——自书日记三则

    这就是那种被称作鹰的逡巡在平原天空的高傲的飞禽，这就是与我少年的幻想签下盟约的心灵之友。当我真的这样近地面对它，并能用手触摸它、能同它谈谈时，它却毫无反应。就在那一刻，我知道，我少年时期的精神生活结束了。

    长久地追寻、仰望，在我的脖颈上留下了持久疼痛的病根。

行走的亲戚

风雪交加。

凛冽的风雪,交加在一条条通往远处的柏油马路上,交加在脉管一样蜿蜒于旷野上的支支岔岔的泥泞小路上。那些行走在风雪中,并由风雪雕刻出仪式感的队伍,或簇拥、或稀疏,但绵延不绝,像严寒隆冬里冻不住的血在奔流,欢欣地奔流。

行走——一年劳作之后,在停歇的农具间、在坛坛罐罐和家长里短中念叨期盼的——心中无比隆重的行走,用深一脚浅一脚的雪,书写在华北平原的旷野上。他们从冰雪覆盖的酒桶般积郁着岁月陈情的村庄里走出来,沿着一条条田野小路拐上大路,然后又顺着一条条小路分流开去。

这是旧历春节大平原上古老的、没有因时光变迁而有丝毫改变的一幕:如刀的北风搅动漫天大雪,狂舞的雪流把一个个行走的身影吹得迷离、摇晃,仿佛要把他们吞没。躬着腰背推着自行车、摩托车、独轮车的人们,身子压得低低的,像逆风的燕子——风雪扭曲着身形,只能用眼的余光瞄一眼前面的路。车后架上载着用家里最干净的白羊肚手巾蒙着的白馍、点心——白馍上的吉祥红点偶尔露出来，在白皑皑的雪幕上如一枝枝初春的蓓蕾……雪花落满衣裳、头发、眉毛和忽闪着两只大耳朵的棉帽子，但寒冷的雪花盖不住一张张粗糙、黧黑的脸庞，仿佛那一张张脸是一孔孔行走着的热腾腾的泉眼——雪羞怯了、融化了，融化在那位小脚老大妈核桃般的脸上，融化在车座后面小媳妇俊俏的脸上，融化在颠簸不止的拖拉机后斗里那一张张从棉被里露出来的冻得通红的娃娃脸上，融化在串亲戚的队伍欢快行走的步幅间，融化在天地不言只在心底里如风雪般飞扬着的欢欣里。

　　站在路旁，感受着逆风雪蹒跚而行的人流，我已经相信，没有什么能阻止这样的行走，尽管雪末在田野、在桥头、在沟沟坎坎上噗噗四散。扭动着身子的雪流在树枝上、在空中和电线上发出的尖叫，包含了疑问和恫吓——这不是漂泊，不是迁徙，更不是逃亡。对于这一支支行走的队伍，风雪从来不是阻止的力量。相反，它是琴弦，是天地感应的情致，是助兴的喜鹊，是农人们此时此刻心灵的舞蹈……

　　这是一种有根的行走。

　　在青藏高原千里戈壁，在蓝天白云融化的拉萨，在一条条通往灵魂之门的崎岖险峻的山径，我曾看见另一种与之有着相同的内心热烈的行走——朝圣者之旅。只不过他们有着不同的方向和表情——朝圣者走向天空，他们的灵魂已先期到达，逶迤在路上行走的身影是单独的、挣扎而肃穆，而大平原上串亲戚的队伍，行走在他们再熟悉不过的田野、小路和大路，即便大雪覆盖了路径，他们也不会迷失。那些多年未走动的亲戚，他们会凭着一棵

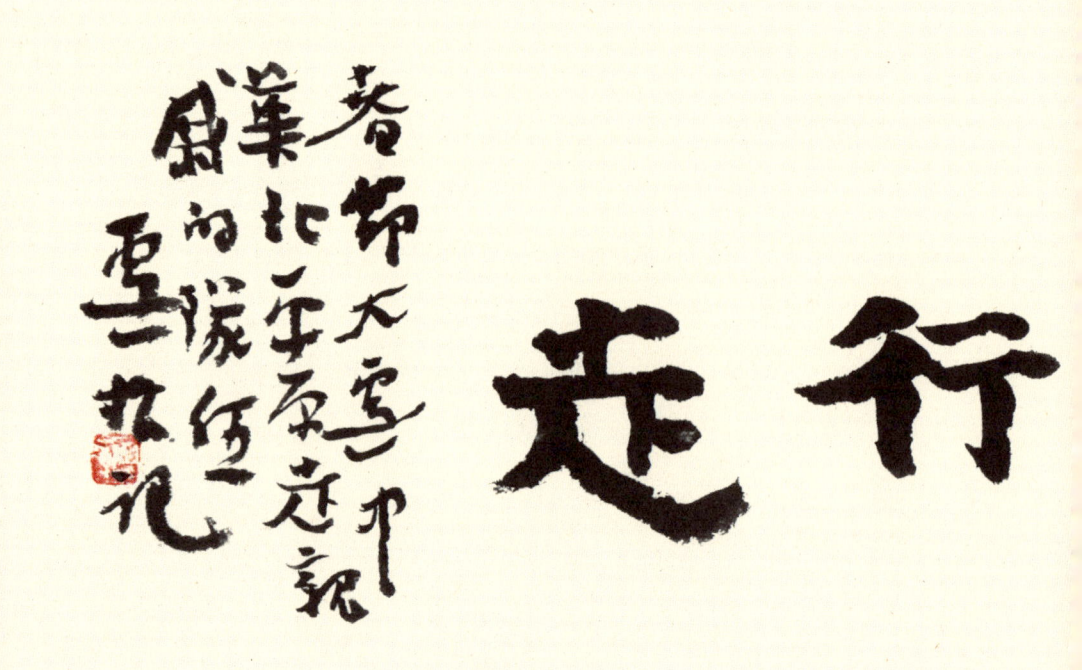

有根的行走

已经长大的榆树或杨树，凭着已经改道的路的蛛丝马迹，凭着一个村庄的名字、一方口音和一个长辈的旧模样……就能重新找回行走的感觉。他们走不出这方土地，他们遵守着古老的"年"和节气赋予他们的一茬茬庄稼一样故去然后又重新生长的渴望。而这伴和着漫天风雪的行走又是那么简单，像落在手掌心里的一片晶莹的小雪花。那最先迎出门的哈着白色热气的狗叫声，那抢着接过车把的踏实的动作，那在长辈跟前温暖的跪磕，那从内衣兜里掏出的带着体温的贺岁钱，那热酒的丝绸般缥缈惬意的蓝色小

有根的

火焰,那些已叙过千遍的陈年旧话,那些田野里的希望,那些消融在屋檐上的恩怨……

那些刚刚见过、重又相见的长了一岁的面。

哦——这些漫漫风雪中淳朴明了的行走,从土地这头向土地那头的行走,来去自如的行走,人心之间的行走,温暖着他们草根般朴素、能够生长的日子。我目睹着这样的行走,感觉这风雪大地上行走的人们都是我的亲戚,我的心田正像一壶被漫天风雪烫热的酒。

老 母 羊

在裸露着岩石和稀疏枯草的小山坡上，我看见了那只老母羊——令我震惊的是，这只瘦骨嶙峋的母羊的胯下，那只闪烁着紫红色光芒的羊奶子——它鼓胀着（它一定胀得很疼，这种疼瞬间传到了我的身上），又大又沉，在老母羊的脚步间笨重地摇晃着。它把老母羊的身体往下坠着，瘦弱的老母羊仿佛再也承担不起它了。

秋风吹拂的小山坡上，岩石和开始变得灰暗的树木，在这两只羊奶无声的摇晃里变得温柔了。两只咩咩欢叫的小羊跟在身后，老母羊慢慢地转过头来，那目光里蓄满深情的母爱和无限的孤独。

那只母羊已经很苍老，它已经不知养活过几代羊羔。在这贫瘠的山区，那两只羊奶子里洁白的乳汁也肯定喂活过不知哪家患病的婴儿——而现在，这也许是它最后一次胀奶了。这最后一次，它胀得特别大、特别沉，整个羊奶几乎鼓胀得通体透明了。

慢慢地，我感到了一种伟大而神圣的情感，弥漫了山坡、超越了人畜。

若能杯水如名淡

应信村茶比酒香

——若能应信联

老　井

老井，在我的眼前摇晃：神秘、幽冥、孤冷。像一个深陷的眼窝，被落满薄霜的茅草——残破的眼睫毛覆盖着。老井，在我的灵魂里像通往它的弯曲土路一样，延伸着，开掘着……

面对天空，它也有惯看云卷云舒的端庄，尽管云像往日一样飘动、扩散。星星凝结的泪滴，像失传的秘密隐语。

老井，是这个村庄的源头。它同村庄的联系，犹如锄把的木纹和掌纹、古老月色和说书人的鼓板之间的隐秘。在寒凝大地的隆冬里，我循着坚硬的地面上分向各家各户的新鲜的水迹，嗅闻到生命的讯息，嗅闻到灯盏下的茶香，聆听到异乡客的笑谈、赞美——在一口口甜水的滋润里，村庄消解着比老井还要古老的恩怨、劳顿和窘迫——一碗清茶，漫漫长夜，茶碗里有充饥的粮食，有说不完的话语。幽幽馨甜（心田）里有老到的箴言、嘱托和延续。村庄珍爱着这口家谱似的老井。一代又一代木扁担与铁桶提系叮叮当当的碰撞声，肩膀上吱扭吱扭匀称的歌吟，一代又一代人牙齿洁白、嗓音纯正。语言和着纯朴的香气从喉咙里发出，有着民歌似的甜美、清新——老井、肩担、镜子似的水缸，担两桶霞光晚露节奏鲜明、步履稳健。这村庄里特有的节奏和神采，仿佛已经超越了村庄的生计，而成为一种温馨的传统。

但我还是看见了矗立在老井上的辘轳和幽灵似的飘荡在井口上的绳子。

有一天，老井废了，村庄的风韵也荒废了。

自从接纳了那名村庄里最美的女子的生命，老井变成了一处荒寂之地、一处蕴藏着骇人传说的源头（我的耳边还回响着铁桶入水时发出的清亮的声音，以及孩子们趴在井沿上看见自己时发出的咯咯笑声）、一个深夜里的噩梦、一道恫吓孩子的咒符。在村庄里，任何能上升为传说的事情，都会在日常生活的一颦一笑里弥漫、渗透，并逐渐脱离它们，而成为灵魂里的暗器。

没有人再去看一眼蜷伏在村边上的老井——它空壳一样石砌的井沿，它布满绿莹莹苔藓的砌砖和日月亡故的水波，它旁边的柳树枉自枯绿……

当我弯腰在井台上，小心翼翼地朝井下窥望——在清得发暗的水面上，我看见的我，好像已不是我的面容。

在曾是村庄源头的老井里，村庄获得了另一个源头。但好像也不再是它的，而属于一些稀稀落落的游魂。

老井，像一声绝望的叫喊，孤零零地停在村边上了。

而我——是一口倒吸的冷气。

念

念，有着初春黄土地上一大片麦苗的翠绿和秋日天空长得很高的瓦蓝。念，有着早晨炊烟里的香味和通向村外小路的蜿蜒。念，有着书房（在乡村至今人们管学校叫作书房）里屋梁上雏燕进进出出的轻飞和打在红扑扑脸蛋上的一小片阳光。是念，而不是平稳的读。不是断续的背，更不是默诵的嘟嘟囔囔。是念——是张开嘴，一起发出奶声奶气的声音，那声音像豌豆芽一样鲜嫩，并露出正在退乳牙的滑稽黑洞。是念，是打着节拍发声，类似于唱但不是唱，那节拍像春风里的青草一样随风摇曳。是念，眼睛专注地盯着书本，但也可以走神，走神中照样能念，自由地念就像顺着沟渠跑，一定能回到家。是念，在念中整个小小身体在动、胸腔在动，但不是老先生摇头晃脑的自得和呻吟的那种动。我多么怀念那持续了一个又一个早晨的念、整个村庄都能听见的念。那无忧无虑的念，使整个村庄充满温馨和活力。那种念，不必记住什么，没有明确的目的，也没有对发声是否正确的顾虑，只是念，是一种劲头，是童年对于知识的本能叫板，也是知识对声带的锤炼——在身体的脖颈处、命门，要发出声音——自己的声音，长大后能够安身立命的声音。好久没有听见那种念了，那种生命原初的单纯之声——是什么让张开的嘴重又合上，让念退回到心中、成为默念？

梨　园

他如此轻易地完成了对一个传说的铭记：在很久以前，这块土地遥迢的北方，生长着浩大茂密的森林，像一道宏阔的天然屏障，阻碍着漫漫寒风。后来森林消失，寒风直驱南下。秋季夤夜的寒冷，白天阳光的灼热，犹如命运两端。强烈的对比、日月孕育的精华，造就了这块土地上鸭梨的甘甜鲜脆……传说总是模糊，而铭记必有心灵的感召，必是生活中某种神秘轨迹的印证。

梨枝——或慵倦、瑟缩，或蓬勃、亢奋，总像生命深层中深情召唤的手臂。从冬日里灰色的冷漠，到春意中含苞欲放的渴意；从花团锦簇，到硕果累累，他都已了如指掌，像熟记自己的生命程序。然而，能被人说出的，也仅是这些鲜明的印记、辉煌灼目的片段了。更多成长的艰辛却总是无言，无言到被人遗忘，然后再被人更刻苦地领悟。不能被说出的感喟只在心里绽放，并结出更加饱满的籽粒。

深坐于梨园，只有他一个人，好久以来就只有他一个人。他曾同好多朋友，梨枝上的花朵一样集在一起。后来消散了，朋友们都到别处去创造秋天了，他留了下来。

一种命运未必比另一种命运更好，要紧的是要受心灵的驱使——他记住了不知是哪位名人的名言。冥冥之中同这块土地的勾连，已经使他失去了温柔的抵抗。深情地端详雪一样纯洁、幼小的枝枝梨花，他便无法抹去慈父的心境悄悄掠过；他俯身啜饮淙淙流水，仿佛已经看到梨树的万宗根须——灵魂一样伸展着焦渴，犹如心脏上细微的血管。而当秋季里的喜悦之手接近肥硕的果实，他心灵的颤抖是母亲般的——是幸福是遗憾还是伤心？抑或是一种生命创造的安慰？他说不清。生命苦短，而命运如此鲜活。他孑然一身在幽静芬芳的梨园劳作或徜徉，梨花嫩粉的面、清芳的露、蜜蜂的情语，无不逗他心花怒放。生命的欲望在骚动，令他耳热面红。有梨花般的歌声偶尔飘过，有走娘家的红袄袂偶尔掠夺，告诉他人生如花，告诉他清静里的一丝孤寂、不安和兴奋。

站在高坡上，放眼春意梨园，朵朵梨花是他的情人。他有如此众多的亲情，足以领略男子汉的壮美。而面对他挚爱已久的这块土地，他只有虔诚地垂首。

如果说生命是从花朵走向果实的，他便永不能忘怀那间小屋，他相信那样的小屋现在已不多见了。小屋栖身在梨园中，受静默的覆盖，像一个遗失很久的传说。他钟爱它，不仅因为它契合了他本性中的朴实无言，更因为它承受了自己对命运的苦苦琢磨、容纳了自己痛苦的漫漫长夜——没有花朵的日子，没有果实的日子，寒冷的冗长冬夜，一星炉火一盏孤灯。漫天寒星透过萧瑟的梨树枝，冷望小屋中的他，如何在桌前眉头紧蹙，在屋中徘徊，在土炕上辗转反侧；如何同自己争夺自己，如何在起伏的思绪里

大地书写 55

何物是我，那个为谁

种植爱和坚定。

后来，那张破旧的小桌上，就有了一本本有关梨树管理的专业书、一本本笔记，就有了一盏安详的孤灯伴着一个同样安详的身影。心灵不安的波动已经平息，剩下的就是创造、劳动，就是一心一意，就是对于命运的另一种克服。

与梨树为伍，远离浮华尘声。一个人懂得了沉默，也就懂得了该用怎样的声音歌唱；懂得了剪掉某些茁壮滋生的枝柯貌似残忍，而实际是一种更深刻的爱；懂得了在春天的召唤里，在良莠混杂的一派生机中，只有真正的花朵知道自己的悲哀。他获得了以自己的心灵同土地耳语的机缘，他以深沉和质朴养育着灿烂的梨花。

留给相识或不相识的朋友们的，将是最洁白的梨花、最甘甜的鸭梨，一段成长的艰辛将隐为背景。他就是梨花，就是果实，并在生命、花朵、果实之间获得创造的永恒。

孟良崮的桃花

初来孟良崮是在早春。也许是因为时令有些迟缓，这里的山川草木还没有褪尽残冬的灰色。在盘旋而上的山间公路上，我看到车窗外的树木——杨树、刺槐、山楂树……都还披着去冬的黄褐色，即便有些萌醒，也只是些许的绿意隐涨在树皮里面，透出想要挣脱出来的努力。然而，让我看见春天已经来到孟良崮，并且知道它已在这里的山野间弄出芬芳美事的，是那一树树笑得灿烂的桃花——它们在山路旁笑，在稀疏散落在山坡上的农家小院里笑，在巨大粗粝的石头身边笑……整个孟良崮，怒放着它们的爽朗、质朴——从开放的幸福里涨出来的笑声。

战争使一座山出了名。行走在孟良崮的山涧沟壑，五十年前的战争留给我的思绪依然坚硬，像山脊上吹过来的料峭寒风，也像遍布山坡的一块块不规则的粗粝石块。那些金戈铁马、枪林弹雨，那些洪亮的冲锋号声、悲壮的喊杀声，那些瞪圆的眼睛、奋起的身影……一切都是硬的——是的，战争天生是属于男人的。然而，没有哪里的战争像孟良崮的战争一样，融入了那么多女性——多少个年轻的"红嫂"用羞涩而甘甜的乳汁去拯救生命，多少个"六姐妹"用女性特有的细腻和慈爱抚慰着生命，多少个青春女子，用女红的技艺，用金丝银线，用一腔柔媚的情愫，绣出崎岖战争之路上脚下吉祥的云朵、盛开的桃花。哦，桃花！战争催开了沂蒙女子的情怀，像春风吹开孟良崮山野间的一树树桃花。有了这些女子细腻的融入，粗犷的战争似乎变得"浪漫"了、"动人"了。

"去年今日此门中，人面桃花相映红"——无须问，当年在硝烟炮火里努力承担的沂蒙女子，她们青春的身体和美丽的容颜是否已经衰老，因为战争把她们的大美永远留在了这片土块上，并且随着春风播撒四方。我也不必去寻访和辨认什么，因为，孟良崮每一树纯洁芬芳的桃花里，都保存着她们的心灵和面影。

对　手

麦子是祖父一生唯一信赖与崇敬的对手，他由于热爱而追寻着它、对抗着它。对麦子的追寻和对抗，构成了这位手指粗粝、脸膛红黑、沉默寡言的老人一生的沉重与幸福。这是我自幼年起就看到的，就力求询问和理解的宿命，它深深地吸引着我的成长。无论是乡村伴和着第一轮鸡鸣的暮色中，那收拾农具的孤独响动，还是春风里青青麦苗拧紧的眉头和挂着泪沙的眼里闪亮的光——他都在细心地梦想着麦子，一心一意地呼唤培育他的对手长大，以便让那个五月的拼命一决——那个令他兴奋并痛苦的麦收时节早日到来。

幼年，我是乐哈哈地躺在散发着粮食香气的高高的麦垛上，伴随着牛车一颤一悠地回村理解麦收的——那是丰收，那是乡村最幸福的时刻。而当我长到有资格追随在祖父的身后进入麦海，并且猛地意识到绝非游戏一下就可以再去挖田鼠的时候，我一下子不由自主地同祖父站到了一起，心中涌满了庄重严肃和对劳动的敬畏。在那一时刻，我理解了祖父的沉默，即便是面对丰收。

祖父的对手彻底成熟了。黄澄澄的麦子骄傲地站在祖父对面，一片连一片。

麦收就这样开始了。同对手决斗,已构成祖父生命中最需要、最渴望的一部分。虽然,这样的决斗一年一度,是他一生全部的梦想。但是,祖父毕竟老了,当我看见那广大得令人有些绝望的麦浪中,祖父弯腰起伏的身影,我仿佛看到了那位漂泊在海上,同那条大鱼进行殊死搏斗的桑提亚哥。然而,同那条大鱼的搏斗,在桑提亚哥是命运的偶然,它因此是那样的精彩、生动、耀眼。而麦子之于我的祖父,却是沉重的、终身的、不容回避的必然。

发烫的风过处,麦子们相互推搡着,发出一阵阵揶揄的嘲笑,那是嘲笑年迈的对手。

一顶残破的斗笠下,祖父的脊背长久地面对着喷洒火焰与追问的天空,燃烧并追问着天空下这个农人的命运。他把手伸进麦垄,一行麦子倒下了,然后是再伸手,再倒下……这仅仅是促成丰收的一个场景。这种重复就像耕种一样,他必须一心一意、坚实可靠。祖父始终躬着身子往前赶,他不能站起来东张西望,他的对手把他紧紧咬住不放,他淹没在麦浪中,一排排麦子躺倒在他身后。

祖父的脊背早早就弯曲了——我从此知道,在地上站着,仅仅体面高大地站着,你将一无所获。

对手漫无边际地在眼前、在心中,不时挑衅似的扎疼祖父的眼睑。金黄的麦子,饱满地晃着、得意扬扬地晃着,它在挑逗一个同它拼搏了一生如今已年迈的老对手的心——这是祖父所期望的全部。他的心底泛起一阵喜悦,但他立即就把它泯灭了——他

必须用最后的一点力气把对手扳倒。

我由于不能承受——不，是由于我没有像祖父那样同麦子达成如此深刻的默契，而不时地从麦垄中站起身来，直一直酸疼的腰。我一寸一寸地被祖父的坚韧甩在后面。虽然在那时，我暗暗地把如此年老的祖父当成对手，我的男子汉的自豪还是很无奈地被他击碎。

站起来，看看疯忙的田野，喘口气。这就是我幼年游戏的田野，扑蚂蚱、烧青豆，游戏的田野总嫌太小。而进入收割时的麦地，田野变得阔大而难耐，大得让人理解不到地头。

毒日头滚过正午，依然是长长的麦浪。祖父在顽强地向前蠕

勤能补拙

动。我的前头是他,他的前头依然是期待着他的对手。

带着雨意的云彩从天边慢慢向麦地围拢上来,这是祖父预料到的。在这样的季节里,它是祖父的另一个对手,它也赶来逼迫我的祖父,逼迫他交出梦想,加倍地交出他最后一点体力,这在祖父,已不是第一次。

最后一捆麦子将被扔到已经满载的牛车上运回村庄。只剩下麦茬子的田地好像在微微喘息,泛着异样的光。祖父久久地坐在田埂上,他要休息一会儿,他不感觉自己是英雄,但他并不茫然,他要等待那场雨,那场失望的雨水落下来,浇灌他待耕的田地。他感觉自己就像土地一样,对手一茬接一茬,只有这一会儿工夫喘几口气。

  是什么使祖父和麦子成为对手，不可改变又悄然无语？在祖父的眼中，那不仅是割下来就能吃的粮食——不，那是他追求的血脉、他幸福的来源、他全部的爱之所系。我愤恨麦子，他追逼了我祖父整整一生。虽然我知道，这种愤恨与命定的热爱不可分，在又一个麦收季节，我跪在祖父的坟前，流着泪这样想。祖父终于没有等到这次同对手的较量，他的坟四周站满了金黄的麦子。天空没有一丝风，这些日子祖父的对手也显得失落与沮丧——它们是否也在向祖父致敬？！而我在天的祖父，看见这些饱满的麦子站在身旁，却不能亲自扳倒它们，并运进生活，他一定会非常惦念并感到深深的遗憾。

田　园

　　宁静是淡紫色的，有着烟霭的缱绻与柴草的清香，擦着暮色中玉米端庄的叶片落下来。宁静，是两个抱着薄棉被悄悄溜出村子的少年内心里幽暗的喜悦带给田园的。

　　在虫鸣与蛙唱织成的巨大的宁静里，什么都不会爆发，什么都不会妨碍两颗少年的心，安适地拥有露水的晶莹清凉和弥漫在田园中的秋庄稼的香味。收割尚未来到，夜色中田园的自由与温柔提前盈满了少年的怀抱。

　　爬上高高的、用木棍和草席围扎成的半圆形拱顶草棚——看园岗哨，在松软的柴草上铺下被子仰卧，他们谁也不说话。我们从来没有在这样的高度躺下——在最高的玉米棵和芦苇之上。平原深处的秋野，就是世界最高的地方。暗红色的高粱穗和怀揣金色果实的玉米，整齐地静立在怀孕般的夜色中，仿佛是等待我们发号施令的士兵队伍。

　　仰面抬头，漫天钻石般晶亮的星星就缀满在我们兴奋的脸颊上。伸出舌头，就能像舔一颗香甜的水果糖一样舔吮它们。

　　自由、安憩的田园的宁静，像一床母亲用新棉铺絮的棉被，

開荒南野際
守拙歸園田

吾陶公句

開荒南野際 守拙歸園田
——東晉陶淵明詩句

或是一大片细白而平滑的河边沙滩，逗引着我们尽情地享受秋天的厚赠——最嫩的茄子、最圆的甜瓜，尤其是地沟里烧好的最嫩最香的玉米棒子，让两个少年沉醉在了田野的宁静中。

也许是这深入骨髓的宁静，教给了我们最初的谛听，让我们学会在看不见的地方感觉：豆荚寂寞的轻轻爆裂声，青蛙纵身月光的轻捷……在很远很远的公路上，偶尔经过空寂的灯光——那是开向我们从未去过的城里的汽车，它让我们的心短暂地离开田园。

在孤舟一样漂浮在田园夜色中的草棚上，我们用滴着露珠的青草喂养月亮里的玉兔，巨大的星空下它不停地眨动着眼睛。不久，我们感到有一丝惧怕，甚至绝望——辽阔无边的神秘的星海，第一次迫使我们幻想，一种不属于田园的幻想。一种不属于田园的宁静在我们的心中铺展着，铺展着……

在逐渐到来的沉睡里，蒙眬中我仿佛听见奶奶在叫我们回家，又仿佛看见奶奶在天上，一颗星挨一颗星地寻找，呼唤——奶奶似乎知道，我们就藏在不知哪一颗星星后面。

难忘的田园的宁静啊，永远留在了我们的身体里。在我们长大成人之后，宁静依然照耀着我们的生活。在无论是多么繁复喧闹的时代氛围中，我们总是谛听着大地的天籁，我们端庄宁静的气质和举止总让人眼前一亮。也许，宁静是一种生活，甚至是一种魅力和力量。

葬　礼

抬着爷爷的棺材要经过一条河。

河上没有桥，以后也不会有桥。远古的桥已经轰毁，残骸在鱼腹中流传千年，始终没有浮上来。那时的桥很辉煌，那时的人很简单也很敏捷，迈过桥头便砍断流连的目光，义无反顾奔向彼岸。后来，河水变得复杂起来。爷爷与这条河有关，他儿时的啼哭与河里的小蟹有关，他腿部突起的筋脉与河水的温度有关，他船夫的号子与这片芦苇有关……河的弯曲成为他的血管和道路，他同奶奶做爱时便无法拒绝这条河，于是河延续了我们。

河上也没有船。从我们的村庄，从我们乳牛般的祈祷中流出来的船队，未曾到达彼岸，在复杂的河水中颠覆成为礁石，绝望的呼喊成为一圈圈优美的漩涡。

河从古老的太阳里流来，流向古老的大海，流过古老善良的土地，流过所有与这条河有关的心灵，通向爷爷的墓地必须经过这条河，别无选择。

爷爷的棺材很轻，犁绳在肩头勒出的花瓣很美。我的双腿迟迟不敢触及水中的礁石：我听到爷爷轻轻同河水对话。河水在阳光里射出万枚银针，穿刺我的灵魂。我的另一只脚在体内拼命后转，这样的想象曾被淹没，又在淹没中不期出现。送葬的铜喇叭吹出的液体太阳，深深感动岸边的鸥鸟和土地。一种深厚而低沉的歌声在我心里遥远地响起，而在礁石上仄斜着肩膀太艰难，我几乎倾覆，我愿就此倾覆不再受迷茫困扰之苦。

抬着爷爷的棺材要经过一片高粱地。

这是八月，红高粱燃烧似火。一秆挨一秆、一片挨一片无边无际，犹如一种精神，肃穆而亲切。一阵微风掠过叶片碰翻寂静，发出神秘的响声——我认定那是爷爷的魂，我感到一种窒息的愉快。目光不能穿透的红高粱，遮住远天、挡住视线，铺天盖地扑向我。瞬间，我被一种温柔击伤，头晕目眩不能自持。我知道穿过红高粱是长久的事，爷爷的葬礼在乡间举行，在乡间难以诀别红高粱。

越过河、越过高粱地，还有河、高粱地，爷爷的墓穴难以到达。而八月天气闷热，爷爷的躯体不能再返回村庄。

艰难的行进中，爷爷的棺材在我肩头。我牵着儿子的手，他怔怔地望着我，目光中的稚气已荡然无存——我发现我和儿子一起老了。爷爷的墓穴尚未到达，我和儿子的心中已先有了一个坟坑，正慢慢地幽深地掘开。

告别仪式

随着年龄的增长,常常要"自动集合"式地去向一些死去的人告别。打个电话约一约,或者是接到通知,说是某某人因为什么去世了,某日某时在某地举行遗体告别仪式,请准时参加,等等。于是,自己或集体或约与死者有关系的三五朋友准时赶到,在附近的寿衣店里买了花圈,令店里的笔杆子遵嘱将事先拟好的"某某同志千古""某某同志安息"之类的挽词抄到挽联上去。不知不觉中,这样的事做得多了,自己也就真的不再年轻了,离无忧无虑的日子越来越远,仿佛能够参加迎生送死的事是彻底成人的一个标志,生命中有意无意地便染上了死亡的气息。

既是一种仪式,也就有着几近千篇一律的形式套路——带上白色小纸花,从治丧人员的手里接过一张死者的生平事迹明白纸,边看边鱼贯进入灵堂。围绕躺在另一个世界里的死者走一圈,鞠躬致哀,然后同哭泣着的死者家属握手,说不说"节哀"都可以,于是便完成"仪式"。在蠕动鞠躬的人流中,也有当时就哭出声来,以至不能自持者,见状便知其与死者的关系。要知道,在众人面前哭泣是一件不容易做到的事情。

虽说是仪式，也有繁复与简单、隆重与冷清之别，这全看死者生前的造化和死者家属的社会地位。国人注重身后事，也就难免将一生的奋斗系于死后此时此刻的种种境况。我曾看到告别仪式上各式各样的小轿车——浩浩一片，像开汽车博览会，以至堵塞交通，不得不由交通警察维持秩序。这是一种身份、一种"荣耀"，死者生前定是大人物、权贵或是特别的社会贤达，这样的死者定会"含笑九泉"；我也曾看到仪式上的车寡人稀，灵堂前的冷落凄清，其死者身份名声自不待言。然而，人死万事空，不管是什么样的冥界，也不管死者愿不愿意，在大家都为生存而奔波的当代社会，死者的后事也是生者见面的机会。大家三五成群地握手寒暄，窃窃笑谈与死者毫无关系的事，或者对手中的死者生平事迹明白纸上的溢美之词报以轻蔑的一哂，等等，都是那么自然。我起初很不适应这种与仪式气氛毫不协和的举动，但经历多了，也就觉得这告别仪式是一门应该学会的功课。

看死者的生平事迹，远不如看死者那张化了妆的脸来得深刻易记。死者的脸应该端庄安详，才能不枉一世名声和生前的尊严，也才能安慰家人。然而，由于化妆师技艺的低劣，死者的面部往往被修饰得色彩艳丽，花里胡哨，像电影里骇人的鬼妖，更有几分说不出的滑稽。看着这样的脸让人环绕围观，令我想起自然界的一种动物（记不清名字了），这种动物在自知来日无多死之将至的时候，会自动地远远离开群体，到无人看到的地方，独自迎接死亡来临，死后也不让他者看见尸体。而人却不仅难以办到，更以瞻仰自残尊严，这又是何苦？

死者与自己关系浅淡，参加告别仪式便大多是俗约的形式，但其中也绝非没有动情之时。记得有一次，在一位刚刚因意外事故而去世的青年军人的告别仪式上，当我鞠躬、当我看见那张稚气未脱的脸，我难以抑制从心底升起哀伤，不禁潸然泪下，引起仪式上的人们侧目不已。我同死者关系平平，也不知他有何感人事迹，我只是为一个谢世过早的生命本身而悲伤。

仁者寿

　　真正痛彻的告别是没有仪式的，来自心底的悲痛瞬间就可以更改自己的举止，它不需要任何演示和外在的形式。1990年我祖父去世时我正年轻，从未经历过与我的生活有关的死亡。从接到他病故消息的那一刻起，巨大的哀伤顿时将我吞没了。我不知自己是怎样回的家，不知院子里的人都是谁，也不知道我过分悲哭的举动破坏了乡村里哪些治丧的规矩……

乔　迁

人以大刀阔斧的方式创造居，居以流水浸润的力量改变人。乔迁新居——意味着要遗忘什么、要背离什么。想到这一举动，我就开始改变，心跳动的节奏和内部环境在悄悄改变。我厌弃什么，我向往什么，没有人告诉我，而我内心的想法早已蠢蠢欲动。从郊区——那乱糟糟的城乡接合部，搬向高楼大厦的市中心。我一路丢弃：家具、餐具、被褥、沾满泥土的农具、习惯、口音……能扔的全扔，能改的全改，暂时改不掉的，我要像治病一样去治疗它——那些审视、审美、寒暄、亲戚关系、日落和日出，那些梦境、梦呓、出汗的方式、对待长辈的态度、吃与拉……

我的新居——大厦一楼带着玲珑的小院，我用整个的院落构思安排：左边是一丛翠竹，风吹过，竹声萧萧，诗意摇曳；右边，太湖石、喷水池、睡莲，俨然高雅的江南风韵；院子中间的所有空地，以砖和鹅卵石铺出优美的花纹。

我啜着香茗，我的心在这高雅的美感里安顿了——但我还是不由自主地担着心，虽然我不知道我担心什么——忽然，我从

顏新蘭者。向云撲朔。這樣捉且蒲
地方。每日不不去作「搬磚」
低矮的門楣。沒有什麼得下來。
讓燒而。都已化為灰燼。只有滿
嘴的、菜蔬味的活冬。無法剝剝奪。
活冬之家。何品敢源流長。
向根。青綠。出自料燭春冬。這是最
後的學習。曲三葉蘸醬的口味。最
後的傳承。
後會若味的活冬。我開口跟人說話。
滿舌親涼句的、當下不蒙。父親用篇
信乎親洗句的、讀早。自堂。說兒都
寒壯篇嘗。的積雪。離化在家的心
在。知房後と的手掌。
高了。

紅立落日的江岸。問一門。什麼足家呢。
一座老房子。一個祖上的名字。還有來出
生的兒南地北甚大不以合的、孩們的員
雜氣。茔生兩香者迫者了。這大家
世就真的散了。
二〇一八曲艸廿年」
二〇一〇夏臺北

砖缝里看见一些嫩绿的身影，一些小手一样的叶片，它们摇晃着、扮着鬼脸，仿佛在说：哼！休想把我们甩掉。

天呀，我认出它们了，它们是燕子翼、骨节草、曲曲菜……

迎春

季节的疯狂变化
使我找不到一个稳定的词来抵达春天
因此，我渴望院子里那一大蓬迎春
就是一座碉堡
那一朵朵小黄花像细密的射击孔
一次次阻击对春天的冲锋
仿佛只有这些强大而冰冷的比喻
才能击中温暖春心

松树

松树不适合长在房前屋后，它适合
清寂之地
——山岗或坟地。松树里的黑暗就是
流浪世间的
诗歌的黑暗——它生出禁忌，使自己
保持孤零

它的格调，谁还坚守？还有谁，像它一样
在落日下述说：尘世之上的清风与品德

槐树

命运，让一棵槐树长在楼房背后的
阴影里
为了能见到阳光，它倾斜了枝条
甚至扭曲了身体——旁斜而出的
渴望——颤动着
向前摸爬——这棵树因为痛苦而不平常

曲曲菜

荒疏、低矮的门楣，没有什么传下来
该砸的、该烧的，都已化为灰烬——
只有满嘴曲曲菜苦味的清香，
无法被剥夺

清寒之家何以源远流长
白根、青绿，出自料峭春寒，这是最
后的学习
曲曲菜蘸酱的口味——最后的传承

满含苦味的清香，我开口跟人说话
像母亲洗白的旧衣裳，父亲用严寒壮筋骨
谦卑、自重，魂儿都在——如房檐上的
积雪
融化在家的心里

站在落日的河岸上，问一问：什么是家
啊——
一座老房子，一个祖上的名字，还有未
出生的
天南地北算不上分别，我们的身体里
苦味的清香没有了，这个家，也就真的
散了

——自书新诗《草木集》四首

黄河上的月光

微蓝的光亮涌起在我的梦境中，那是隔壁的黄河在承受着宁静的月光。深夜，刮了一整天的呼呼响的风沙停了，河岸上熄灭的篝火里尚留有异乡流浪者的余温。一切都安静下来，此刻的黄河——这条世界上著名的河流，像一个至今也找不到属于自己的生活——苦闷、彷徨的单身汉子（它被文化赋予得太多，剥夺得太多），难以入眠。它在低头细细地咀嚼着往事般的月光，它细碎的浪花抚摸着被冲刷得参差不齐的黄土，似乎在发出一丝丝难以察觉的幽怨和委屈。

从宽阔的黑黢黢的河道里升起来——月亮，硕大而孤绝，刻在深蓝的天幕上，像一声积郁太久的旷世的叫喊——黄河，就从这声叫喊里流淌出来，但它细细的水流似乎有些羞怯、局促和小心翼翼……

这不是月光的假象，这就是和我相伴的黄河。作为一个在黄河边上长大的人，我从未见过黄河的咆哮怒吼。那些声音都留在了老人们绘声绘色的描绘和身世中了。在我眼中，黄河是一条笼统的、缺乏细节的河流，黄土的两岸连同浑浊的断续的河水，就

草木篇四首

李節的變化，使我找不到一個穩定的詞，來描寫這春天。因此，我渴望院子裡，那一朵朵小黃花，就是一座雕堡。那一朵朵小黃花，像細密的射擊孔，一次次對着美而冲鋒。作偶只有這樣廣大而冰冷的陣地，才能立中，温暖江山。（迎春）

春心。（迎春）

松柱不適合生長在廢墟處。它適合清寂之地。山崗或坡地。松樹蒼老遠離塵間的詩歌的墓廬的黑暗，就是流浪世間的。它的信也含出林柔局。使向巳保持幽何。它的信仰，誰堅持，還有誰像它一樣。（松樹）

落日報還説，鷹世之上的清風與品德。（松樹）

令邊，讓一棵槐樹。在擰房暗處的陰影裡。讓它陪伴它。便化煩惱斜了枝幹，基石捏曲了身體。旁側石壁的酒望。

草木篇四首

是它全部的单调、贫瘠——一种视觉里奄奄一息的空阔，一种庞大的废弃。黄河已不能容留过多目光的注视，以至于诗人在黄河上偶然看见一只美丽的蝴蝶，会发出异乎寻常的惊叹（见庞培《蝴蝶》）。也不能容留南来北往的心的驻足，因为心已不能承载过多的沉重。横在黄河上的那些大铁桥、浮桥上，滚滚车流很简单地匆匆跨过了黄河。

唯有月光是眷顾的（因为它偏爱忧伤的事物）。也许不仅仅是眷顾，对于黄河来说，它的莅临不啻是一种美学上的拯救——粗糙裸露的岸线、稀疏的草木和岸边风干的木船，拥有了一层柔美的诗意，浑浊的细浪上波光粼粼。月光银色的手指格外深情地抚慰，又仿佛是在为黄河——这匹疲惫至极的老马疗伤。

在黄河，那却是一种更深的承受。

那些金戈铁马、奔走呼号、改朝换代，那些生命中曾经的承受之重，此刻要承受月光的轻盈。在古老的河道上，我真切地看见（就像我在白天里看见黄河的丑陋），那月光像一群群舞姿曼妙的少女，婆娑着银色的薄纱；又像是一只只精灵般的玉色蝴蝶，在轻轻逗弄一个梦寐的人，动作里充满诱惑和迷乱。

月光下的黄河，静静的，把声音藏在心里，竖起无数只灌满泥沙的耳朵，在谛听一只只蝴蝶的动静。

我的所得
只是安安静静的乡土
几本遭磨损的古籍
三两个春夜
以及傍河的市井陌巷中
暮晚的下雪天气
——庞培诗句

黄河，作为一种修辞

居住在黄河边上的人，对于黄河波涛的浑浊、呼吸的粗重有着切肤之痛。我关心它水量的大小和它越来越频繁的断流，不能不像关心自家的水管子和每一顿饭。它的命运从来就和住在它身边的人的命运休戚相关。它枯水时的丑陋，它波涛汹涌时的凶悍、骇人，它春季河岸上的风沙（让人三天三夜睁不开眼），它上游的污染（使我们的居住地成为癌症高发区），它每年都要吞噬掉的一两个少年的亡魂。对于黄河——我们称之为母亲河的这条带有根本性的大河，我们爱着，同时，也说不清着。

没有一条河像黄河一样命运不定。有时独自行走在夜晚的黄河大堤上，向左看，因为大堤远远高过了城市，所以那万家灯火深深地蛰伏在我的脚下。如果黄河在此处决口，脚下的城市将瞬间不复存在。向右看，月光下宁静的黄河，像一条情欲苦闷而又不善言辞的北方汉子，至今也找不到一个真正属于自己的家——自然之家（历史上黄河几次改道，未来会不会还要改？那摆动的巨大身影，改变过多少人和事物的命运）和文明之家（从遥远的时空到现在，黄河在不断地被一种文化势力打开，又不断地被另一种文化势力所遮蔽。庞大而孤独的黄河，仍然漂泊在别人的修辞里——个人的和集体的）。

"……黄河之水天上来，奔流到海不复回……"最初教我认识诗文里的黄河，李太白这句是"罪魁祸首"。狂与大的唐代才子李太白，专拣黄河的"狂与大"泼墨——在这狂与大里，带着他老人家嘴里喷出的浓浊的酒气。此时，他的酒正在兴头上，他才不管你黄河此时是否真的狂与大，他是拿你说事儿。那就是"自己"，或者是拿你说第三者——时间。你黄河是他顺手拿过来的一个"志"，一个"兴"，写完了，他就又去"烹牛宰羊且为乐""呼儿将出换美酒，与尔同销万古愁"去了，徒自撇下个"狂与大"的黄河，让人不敢轻易靠近，或者是痛感其卓绝的同时，也痛感自己的渺小。顺着他老人家的兴头莅临黄河，我就不能不走进中学课本里的"啊"，古往今来，黄河上散布着多少才华和情怀、流言和蜚语啊！

如果说在古代，黄河几经成为李白们的个人修辞，那么，到了近现代，黄河又继续变大了，成为我们民族同胞集体的修辞了。每当民族面临灾难、苦难，黄河水就不再平静——"黄河在咆哮，黄河在咆哮……""团结起来，中华民族的子孙……""大刀向鬼子们的头上砍去……"黄河是领袖，黄河是灵魂，黄河是纽带，黄河是一种精神的化身，是唯一需要保卫的根，是娘，更是爹。黄河多么宏大啊，多么沉重啊，它有风卷旌旗的呼呼声，它有愤懑呼喊里的血流，它是道义的象征，是人民呐喊的传声筒。

站在黄河岸边，手捋着绿柳条上今年的新芽。在柳条柔软的轻拂里，黄河水不像在往年春天里那么浩大。我看着它单薄的水流、有些疲惫的身影，仿佛听见了压在黄河肩上的无形的吱吱嘎嘎的声音。黄河被赋予得太多，它负载得太多，就像一头老牛，它快要拉不动了。

作为一条自然之河，同作为一种修辞的黄河一样，流到了现在，它流得很不容易，接下来它将更不容易。

作为身居在黄河边上的人，对于写黄河的当代文学作品，我都神经质似的敏感。第一个为我灭掉黄河上的大光环、撕开黄河厚厚的精神之裳的（我有着难言的苦涩、难堪和不适应），是一个远离黄河的南方诗人——庞培。这个对于词语和事物的方寸都有着惊人敏感的诗人，曾在中原地区驻足黄河。他同他的友人在黄河岸上徜徉，看见了一只翩跹飞舞的白蝴蝶，他几乎都要叫出声来了。那是"我在家乡一带，在其他地方常见的一种蝴蝶，但是在黄河边上看见它，使我大吃一惊……"黄河上怎么能有这样漂亮的蝴蝶呢，这让诗人敏感的神经受到了强烈刺激，因为诗人看见了这样的黄河——"像死者被弃的旧衣服般的黄河正在不远处的河滩上流……像一条正在吊盐水的病人胳膊那样细……"让诗人深深震撼的，不是蝴蝶的美，而是由蝴蝶的美引起并牵出的黄河的"灰暗、倦怠、瘦弱"。黄河的残破和丑陋，让诗人产生出悲痛感。在诗人眼里，黄河病入膏肓或已经死去，所以才有对于蝴蝶的更进一步的更准确的悲剧的诗意感觉——"它像一个幽灵，黄河水的幽灵……它的轻盈，仿佛是那条河的隐痛……"（以上引文均出自庞培的散文《蝴蝶》）

叹呼！悲呼！那个一呼百应的宏大的黄河，转眼几十年，连一只蝴蝶都承担不起了。

我们这个时代的精神现象虽然芜杂多变，但最为叫座的仍是对于曾经的所谓"伟大、崇高"事物的解构与颠覆。在我们这里，这种解构的力量，同结构那些"伟大、崇高"的力量一样，能够产生出巨大的洪流感和追随的力量。在诗人庞培那里，对于黄河的解构，着重的是还原——对于真实景象的还原，他的力量是温柔的、抒情的、忧悒的，甚至是犹疑难辨的，因为，在诗人所闻到的黄河的气息里，有破旧，也有亲切。所以，黄河才能真真切切地回到诗人的心上并俯下身来，像"廷达里"之于夸西莫多。而在另一些更为猛烈的诗人那里，情形就没有那么客气了——

车过黄河

列车正经过黄河

我正在厕所小便

我深知这不该

我应该坐在窗前

或站在车门旁边

左手叉腰

右手做眉檐

眺望像个伟人

至少像个诗人

黄河口之晨

想点河上的事情

或历史的陈账

那时人们都在眺望

我在厕所里

时间很长

现在这时间属于我

我等了一天一夜

只一泡尿工夫

黄河已经流远

这是诗人伊沙的一首代表性的作品，我在他的随笔集《无知者无耻》中第一次读到。关于这首诗的缘起，诗人在随笔中写道"只是一段个人经历的真实写照"。是否是真实写照已经不重要了，重要的是这首诗成功地解构了黄河，以及在解构过程中释放出的强烈的颠覆力量：一泡尿就把黄河冲远了。诗人所用的方法是：身体——以身体的伦理取消意义的伦理。面对黄河这个庞然大物，诗人对身体的叙述越是一本正经，就越能产生出嘲弄的意味。对于这种解构的合法性，诗人在随笔文字中阐述得很清楚，那就是一泡尿"比一条伟大的河流离我更近，也更要紧更致命"。

洪流就是洪流，洪流是一种带有时代感的态度，和它之下互仿的语词感觉。而要解构，就是要拿宏大的有典型意义的事物当"靶子"，否则就没有意义，不够味。我也曾写过一首名叫《黄河》的诗，诗的产生，也有一段所谓的个人经历的"真实写照"：在枯水期的黄河滩上玩耍。对于黄河我不是"游子"，我是这里的居民，这首诗的潜在阅读对象是：没有到过黄河的人。我的本意是想告诉他们、规劝他们相信：黄河虽大，也会干涸。

有意思的是，我也写到了身体——撒尿。这是不是解构？还是对于解构的不约而同？是洪流的裹挟还是文本一旦产生就无关本意？不妨引在下面。

黄　河

黄河干了

是我亲眼所见

黄河也会干了吗

你无法接受

你一个劲地说

黄河是枯水期

可我看到的是

黄河干了

黄河就这么干了

你有什么办法

河底露出来

像一张白纸面对天空

白白的细沙

像棉床适合睡眠

你不承认

一再地说到枯水期三个字

我看到的是

黄河的确干了

有人在河底上胡写乱画

有人跑到曾是惊涛的地方

任意撒尿

> 我骑着自行车
>
> 驮一袋今秋的新粮
>
> 稳稳地骑过干了的黄河
>
> 给对岸的情人送去
>
> 这对于住在黄河边上人
>
> 是很平常的事

在我居住的这个地方，黄河大堤上虽然种植了大片的柳林和杨林，但也不是饭后散步消闲的最好去处。一是因为黄河的河体的确太大，河水又浑浊，缺少那份幽雅的闲情逸致；二是因为黄河上游带来的沙土太多，草木难以完全遮挡。如果不是周围的小河小流都被污染，黑臭黑臭的，我不会轻易坐在黄河边上与水对语。但真的坐在河边土黄的坡上，看着一个个竖起的波浪像一只只被泥沙灌满的耳朵，期盼听到什么的时候，我的状态是：无语。我不知该对它说些什么。仿佛只有以下的语词感觉才能适合它苍老的、缓慢的流速：黄河真的是一条不幸的河流，辉煌的图腾早已湮灭。人们在不断地结构你、又不断地解构你，像前世的英雄，在后世必然成为笑柄。但也许你不必太在意，他们说的并不是你本身，而是在借你说你以外的事情。你还是该怎样流就怎样流吧，只是不要总断流。因为你断流，我们要么干死、饿死，要么远徙他乡……在下有礼，给你上香了。

在 海 边

一

我们一再地来到海边。

当裹挟着咸腥味的海风穿过陆地，穿过一片蓊郁的树林，异常敏感地袭击了我们的感官时，我们的心开始沸腾起来。海再一次降临，犹如明月和渊谷。

而当浩渺的大海终极般横亘在面前的时候，我们却哑默了，就像亲人之间的聚散一样。

在我们的心灵中，与海洋的维系是一种古老的力量和渴望。澎湃的海浪、船帆、海鸟……这是我们梦中的事物，它引领了我们部分的灵魂。

我们在干旱中成长。在没有广场的城市，忙碌和琐屑使胸襟一再变得狭小、人格日趋平庸、心境愈发躁乱、眼光更加短浅。

海，在这里为我们建立另一种境界和坐标。

伟大、崎岖的海，我们来接受你的改造。海天浑莽、涛声悠远，无边无际的视野中有时空产生出的绝望——永恒之手把我们这些瞬间的事物逐一清理出来，使我们清楚自己的存在处境，不再浑浑噩噩。

我们一再地来到海边，我们必须这样。

江城如画里，山晚望晴空。
两水夹明镜，双桥落彩虹。
人烟寒橘柚，秋色老梧桐。
谁念北楼上，临风怀谢公。
——李白《秋登宣城谢朓北楼》

二

我端坐在海边，像一块被海浪反复冲刷后变得干净的石头，我仿佛在接受神的沐浴。

伫立在崖岸上站着看海，突然有伟岸之感袭来，很虚幻、很冲动、也很概括。当我端坐于沙滩上，让视线同海浪的足迹平行，海的神秘和恐惧，<u>丝丝缕缕</u>地涌来，慢慢地渗透在生命里。

我端坐着，体会着一粒细沙的生长。

柔软洁净的沙子，闪烁着晶莹的天光。抛去了浩阔的气势和伟大的感叹，它们是一个个细小的个体，很朴实地陈列在海浪的足下。它们来自深海的石头，它们是海水和石头反复对话的结果。这是多么漫长、多么激烈、多么富有耐心和深情的对话啊！而在这之上，时间裁判了这一切。

这些沙子是杰出的。它们以自己生长的历史记录了海的动作、心境、性格和年龄，也记录了石头的忍耐。它们没有母亲，它们在古老力量雄心勃勃的交锋中绽放。它们是书籍，是自然历史的书写者。

闪着神秘之光的沙子，攥一把，明净的海水透出指逢，谁能数出它们的数量?! 而沙子能记住大海的每一次呼吸、每一种生命的律动。海边的沙子就像广大的群众，它们仿佛生来就是为了证明海洋所陈叙的时间，它们怎么可能会变成泥土呢？它们明净而沉默的心灵杰出而不朽！

三

在海边，并不适于朗诵诗歌，即使是最深沉最富有力度的声音。

同几个先前一同走过一段路的朋友，沉默地坐在深夜的海边。我们望着絮语般在黑暗的光线里涌动的海面，仿佛不曾分手过，而是一齐赶到这里来，休息一下，或是端详前面的道路。

黑暗覆盖的大海——黑暗竟也能覆盖大海？看不见可以搏击的哪怕是再凶猛的浪涛，就像平庸人生找不到突围的缺口，只有阴森的浪涌的声音，隐隐而可怕。它们肯定在黑暗中打量着我们。

从没有在漆黑的夜晚观海的经历，大海的神秘、恐怖，像一块巨大的磁石，吸引我走向它的深渊。这种吸引令人不安，又难遇和可爱。海的深处出现隐隐可见的光晕，破坏了这种天然的引诱。朋友说，那是波涛间的渔船。这毫不奇怪，这种深夜里的航行和劳作，把故事写在烟波浩渺间——这位刚刚写出《缱绻与决绝》的兄弟，毅然把黑暗的海浪间蓝绿色的水晶宫殿，启示式地指给我们看。

这是黑暗中想象的线索。一重重浪间璀璨的光，像迈向大海的光明的台阶，从我们的脚下一直伸向大海的内脏，这是奇异之光的朗诵，诗歌的海妖将在光明的宫殿里作为王者引领众神合鸣。

重又复归沉默。在海边，我们以沉默朗诵了一夜。

四

海涛，像在风中舞动的镶着银线的裙摆，倾吐出大海深处的隐秘。

一只死去的海鸟，黑色、浑身湿淋淋的。它美而矫健，静静地安息在平沙的大床上。减弱了力气的海浪来到身边，用温柔的哀悼抚慰这小小的逝者。

海鸟在死去后，仍然把人们带向对于大海更为广阔的想象。

——在风急浪高的黑夜，小鸟离开栖居的小岛，它要在非同寻常的恶劣天气里，磨砺它尚显稚嫩的翅羽。它在风中穿行，又在浪尖振翅，当它超越浪尖时，它的翅膀被鞭子似的海浪击中。

在海上日夜兼程的迁徙中，它因为饥饿或是迷失航向而掉队，在茫然、绝望中找不到熟悉的队伍。它用尽了最后一点力气也找不到可以歇息一下的地方。它气衰力竭，掉进海水中。

苍老、悠远的大海，容古纳今的胸怀。我深知在你的法则下，只有顺应和等待。我选择了一种猜度作为对这只海鸟死因的诠释——它是在拼搏了一生之后老死海中的——这是法则、这是自然。它诞生于海，它理应死于海上。

至于死的细节，茫茫大海，已无从考察和追问。

站　立

这是一片河流经过的土地，它沟沟坎坎，却仍旧保持着本色——缄默、温厚、朴素，散发着清新的草根的气息。当我厌倦了城市的喧嚣，踏上这久违的心灵发蒙之地并在那儿长久地站立，归于泥土的兴奋，像天边颤动的金色霞光一样使我的心激动不已。在静静的站立中，我品尝到了灵魂得以休憩的快乐。

就这样安静地站立着。在夕阳的余晖慰藉的大地上，躺着我回忆般悠长的身影。这身影被翻耕过的泥土的波浪之弦弹奏着。我的心像一只秋天的鹰，被土地的广阔和博大包容着，像一棵庄稼的根须被泥土细微地滋润着。我的心更像汩汩的泉涌，但我说不出一句话。

悠久地站立着，并在大地深处行走，谛听大地的呼吸，品味大地的灵气，体察大地的宽容，这一切让我重又获得了生命的感觉和对生存的殷切理解。曾几何时，我赤裸的双脚站在草坡上，毛茸茸的幼草拱着我的脚心，痒痒的。在温柔和宽厚的感觉中，周遭的生命在昂扬地勃发。秋天大地的腐殖，则温暖着我跑累的双足，它像母亲的胸脯让我安栖。而冬天冰冷的大地

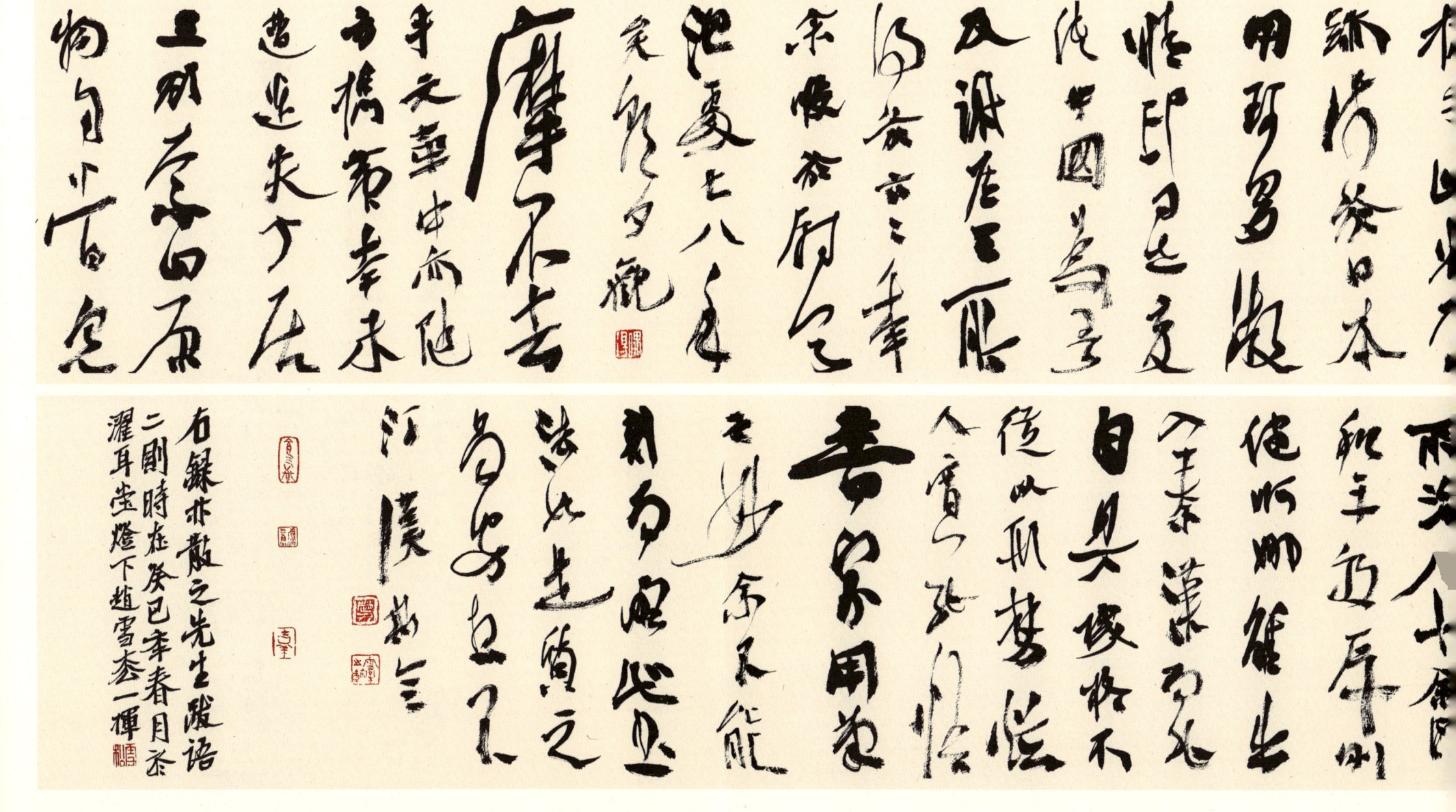

觉斯书法，出于大王，而浸淫李北海，自唐怀素后第一人，非思翁、枝山辈所能抗手。此卷原迹流于日本，用珂罗版精印问世，复传中国，为吾友谢居三所得于六六年春。余假于尉天池处，已七、八年矣。朝夕观摩不去手，文革运动中亦随身携带，幸未遭遗失。今居三欲索回原物，自当完璧归赵。佳书如好友，不忍离别，因题数语归之，以志留连之意云耳！

今观易安先生为启明所治前后八十余印，和平敦厚，刚健娥娜，虽出入秦汉，而能自具机格，不徒以形势炫人，实能悟入书家用笔之妙。余不能刻，而略知书法如是，质之易安，想不河汉斯言。

——林散之跋语二则

息吐露在肤浅的水面上……

此刻，在大地深处站立着，暮云四合中我感到了一种前所未有的安宁和幸福。这种站立是一种逃离，更是一种选择——就是一位严师，它让我的步履结实、坚定、铿锵有力。它用风雪之舞使我的站立拥有了呼啸着的深沉。

在大地上站立着，以"人"的精神坚定地站着，伫望暮色苍茫。作为土地的孩子，我那曾变得冷漠的心，开始在我的身体里俯下身来、匍匐在脚下的大地上，流淌的血脉变得异常激越而又温柔。苦难的大地不仅需要劳作、需要耕耘，甚至需要牺牲，但它更需要祈祷，用一生的命运和真诚。在殷殷不倦的祈祷中，大地将复苏，一切生命将再生、永生。而这一切仅仅靠"站着"是不够的。

此刻，我唯一能做的，便是用灵魂的目光探寻大地的颜色，用我的每一根神经，去感受大地沉郁的脉动所带来的震颤——震颤是一种声音，正如大地母亲的呼吸，匀和而深沉。于是，我曾听过的一切声音，在我的记忆中失去了原有的光泽，它们变得暗淡、趋于寂灭。声音只源于大地，因为大地是生命的本源。

渐渐地，在大地上的站立让我拥有了沉思的能力。我曾经有过漂亮的站立，它轻盈、潇洒而浪漫。在公园的花丛上舞蹈，在迪厅光怪陆离的地板上发泄，在钢筋水泥和沥青组成的城市里踽踽独行……站立在坚硬、冷漠、一派灰色的水泥地上，土地深处那种温厚和踏实的感觉消失了，一种莫名的空虚从站立着的脚下上升，直至笼罩了我的整个身体和思想。我的生命，像街道旁落满灰尘和汽车尾气的花树渐渐枯萎。城市文明创造着商业，创造着霓虹灯，创造着标签，创造着欲望，也创造着灵魂的挣扎和恐惧。而我，像一尾水将枯竭的鱼，把无奈的叹

在殷殷不倦的祈祷中，大地将复苏。
——自书《站立》语句

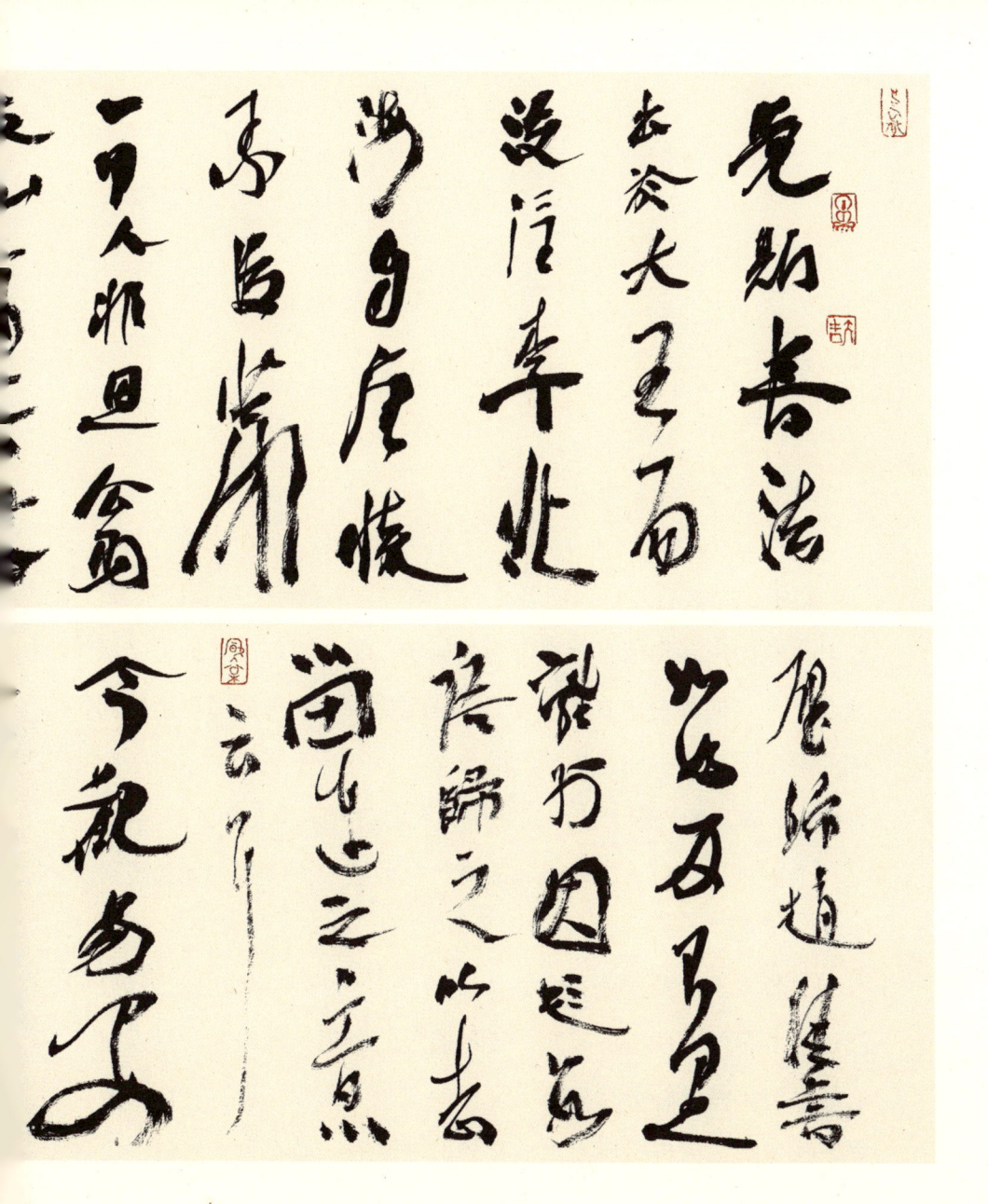

让我这么站着，在心灵的复苏中与大地接通。用身边日夜流淌的河水洗尽铅华、洗尽生命中的杂质。

就这么站着，回到原初。

正　午

正午，是被盛夏特殊命名的一个词。它来自墙上的一柱水银，来自空寂的街巷和墙下整齐有力的影子（影子里蚂蚁在成群结队地奔忙，它们的肩上扛着整个周围的昏睡），来自老屋里水缸周围的潮湿、脖子下面瓷猫深远的凉意，以及一个光屁股孩子午睡中安稳、香甜的流涎。正午是一张宽大的荷叶下少女晒红的笑容，是一个少年来自河边的死讯和那双焦急的被炭火一样的地面烫得生疼的裸足。

一名流浪者的正午是无边无际的热浪——天空喷射的烈焰，漫过城市看门人慵倦的瞌睡，漫过偶过的密码一样匆匆的行人深陷的眼窝，漫过路旁冰棍摊上发白的蓝色太阳伞。啊，蓝色，像伞下孩子吮吸冰棍时所发出的贪婪的滋滋声，像在自来水管下痛饮时喉结的蠕动。这是流浪者的正午，拐过远处的街角，一个身上着火的人扑打身上的火。在感恩般浓重的树影里，他赤裸着上身安稳地躺在大地上，他随时随地梦遍了所有的旅途——正午，一个流浪者漫长的幻觉。

青山横北郭,白水绕东城。此地一为别,孤蓬万里征。浮云游子意,落日故人情。挥手自兹去,萧萧班马鸣。

——李白《送友人》

在 山 中

如果再没有一点响动,我就要放弃自己——我的内脏、面孔和世俗的身份。在一块石头、一茎草棵、一片树叶、一颗向下滑动的晚露上,我触到了自己遗弃的回声,而不是在沟壑与山涧、向着远处闪烁的敞开的扇形空地上。那里,沙质的小公路蜿蜒穿过,偶有一两朵鲜艳的野花在路边歇脚。

山脚下,在小酒店门口的圆形石桌上,当蒙山[1]的太阳淹没在酒盅里的时候,我们被空气中的什么东西攥住,谈话不知不觉停住了——环目四顾,除了渐浓的暮色,没有异样。但山已不复是山,树也隐去,旁边的小山村无声地浮动,我看见寂静从旧有的事物上孵化出来,它穿着白色的羽衣,从栗子树巨大的阴影里走出来。山坡上满树的小金橘发出的光亮,仿佛是一条条秘密的甬道,寂静就从那儿爬过来了。还有漫山遍野的萤火虫,打着灯笼,像在固执地寻找丢失在寂静中的记忆。在看不见的坡底,温存的山涧溪水也远远地把寂静送过来了。

---

[1] 蒙山,位于齐鲁南部。

弯曲的山道上，蒙山的树羞赧地隐在微明的暮色中。在它们的身旁，是同样微明的山里农人，他们寂静地走回山脚下的村庄。他们带来的寂静，是弯曲的肩膀和肩上潮湿的锄头表达出来的。

慢慢聚集、围拢——寂静簇拥着石桌。像渐凉的夜色，寂静穿透身体，让身体成为空壳，并漫无边际地飘动。

我参不透这寂静之魂，只觉得它养着我的心、让心又有些发育。它不只深入骨髓，它还深入石头——圆滑的石桌上渗出细密的潮湿，用手抚摩，蒙山满月的清辉，荡漾出掌心里温润的玉般的寂静。

我不知道在蒙山的寂静里还能做些什么。想起一个人、一件事、一本书，想起曾蒙受过如此寂静的人消失的智慧和顿悟，想起"修炼"这个词，想起遮蔽在寂静中的卑微的存在。酒盅空空，月辉醉透心儿的自由。在寂静中的黑暗与欢欣里，直觉得心与己无关。

独独想不起自己，想不起自己为何物，我像那朵石榴花被遗弃在寂静中了。

蒙山的寂静又被我怀疑——如果它确实存在，我就是它独坐在黑暗中的真正源头，它们正从我身上的每一根汗毛孔里窜出来。

滩声依旧水溶溶,岸影参差对梵宫。楚树七回凋旧叶,江人两至宿秋风。菡萏池干落碎红,蟾蜍竹老摇疏白,怜窗向月明。多病支郎念行止,晚年生计转如蓬。
——唐五代高僧栖蟾诗《再宿京口禅院》

虚著褐衣老,浮杯道不成。誓传经论死,不染利名生。厌树遮山色,怜窗向月明。他时随范蠡,一棹五湖清。
——五代高僧恒超诗《辞郡守李公恩命》

重城深寺讲初休,却忆家山访旧游。
对月与君相送夜,闻蛩教我独惊秋。
云心杳杳难为别,鹤性萧萧不可留。
遥想孤舟清渭上,飘然帆影起离愁。
——唐高僧栖白诗
《赠识古法师》

六七年来到豫章,旧游知己半凋伤。
春风还有花千树,往事都如梦一场。
无限丘墟侵郭路,几多台树浸湖光。
只应唯有西山色,依旧崔巍上寺墙。
——唐末五代高僧贯休诗
《再到钟陵作》

诀妙与功精,通宵膝上横。
一堂风冷淡,千古意分明。
坐客神魂凝,巢禽耳目倾。
酷哉商纣世,曾不遇先生。
——唐五代高僧虚中诗
《听轩辕先生琴》

西行散记

一

人心也许就是这样一幅图景：千里戈壁，杳无人烟。我们幽灵一般的潜行惊动了什么——没有褪尽黑暗的碎石块、被荒寂收走灵魂的枯草、拴在火车尾部的异乡的太阳。

这天地在什么时候开始，又会在什么时候结束呢？

从拥挤到日渐稀疏的车厢里，我们停止了那属于庭院花露的闲聊——那种闲聊的气质来自中原。我们安静下来，不由自主，似乎受到逼迫。

二

列车驶过长安的时候，我正在睡中做梦——一个短短的梦，列车就轻易地驶过了长安，驶过了长安的塔楼，长安众多的陵墓，长安的繁华生死、风风雨雨……似乎不应这样轻易，似乎人心再也不能承受那悸动不已的长安乱——长安远了。在进入河西走廊之后，汉语中我只找到三个词组可以状物：戈壁上弥漫的荒凉、天地间倒悬的空寂和对于人的怀念。

三

祁连山的身影映入车窗的时候，我在内心里惊叫起来——这就是祁连山吗？这就是在中学课本上狂舞着漫天风雪的祁连山吗？它一点也不高大，也没有呼啸之声。它只是顺着列车西行的方向迤逦着，远远望去，一脉黑黢黢的模糊。它似乎没有主峰，只有参差错落的山脊。

四

天又亮了，车窗外的光亮寒冷着并逐渐强大起来。不会轻易地有树，因为不会轻易地有村落。而一旦看见树，哪怕几棵萧疏瘦弱的小树，就会看见哪怕是只有几间房子的小村落蹲在树下。树和村落之间有着那么宝贵、那么让人感动的相依为命。有了那几棵树（尽管还没有返青），那干瘪的、仿佛被这个世界遗忘了的寂寞的小村落，就有了一丝生气、一丝活泼，就有男女出出进进，就有了一些鸟鸣奏出的乐音。

我的眼睛盯着偶有的树和村落不放，直到看不见。寥廓的黎明中，天蓝得让人晕眩，眼光中没有一丝杂质。黎明刚过，阳光就把眼睛刺得有些麻辣的痛。

五

在由酒泉向航天城行驶的途中，我们有过一次紧急的停车，因为看见了水——在年平均降水10毫米的河西走廊看见水，全车的朋友都不约而同地叫出声来。

明晃晃的溺河自祁连山向北流淌，注入内蒙古境内的湖泊——黑海。河水并不浩大，河床也很浅，然而那河水却有着惊人的魅力：它清得发蓝，有着玛瑙的幽深。白色的浪花像玉一样纯洁、剔透。掬一捧在唇边，那种含着绝域之气的冰凉，立刻将五脏六腑清洗得干干净净，仿若自己已净身离开尘世。

我向当地的朋友询问河的源头，他的手指向河水流来的方向，并说出"祁连山"三个字。

在这里已看不见祁连山的身影，看不见被我忽略了的山峰上隐隐的白色——那常年不化的积雪。看着溺河水在沙砾碎石间顽强地流淌，以一种无可拂逆的力量一直向北、纵贯甘肃全境，我似乎明白了祁连山的静默和深沉——大山就是大山，大山的力量在于，它总是在无言中长久地对大地产生深刻的庇佑。

六

苍凉的天空下，大地上除了砾石还是砾石，有着令人绝望的细碎无穷，仿佛整个大地是被轧碎的石山久远的废墟、遗址。偶尔有几丛枯黄的骆驼刺稀疏地散落着，像一个个被缩小了的村庄。

云山得伴松桧老
心镜忽入造化机
——云山心镜联

七

  对于树亲近的渴望再次强烈起来。我们弃车步行去拥抱远处一小片林地,仿佛它是在劫难中残存下来的,像一个孤儿。

  这里集中地立着几棵柳树、槐树、沙枣树,还有几棵茅盾先生笔下的白杨,它们从少年课本的记忆里退回到真实的存在——深入戈壁两天来,正是它们唤起了我对于生命从未有过的情感体验、一种珍惜的兄弟般的情感。

  然而,它们是干灰枯黄的。时值四月末,在我的家乡早已是翠影婆娑的树,在这里,在它们憔悴的树干和枝柯上,却看不见一点绿的迹象。天空没有风,蓝天下白杨细瘦的枝柯,像手臂一样紧紧抱在一起,仿佛仍受着惊吓,仿佛那一场又一场裹着沙石的狂风并没有远去、消失。

  当地的朋友告诉我,它们并没有死,它们会在看似毫无希望的干渴里一点点地活过来。春秋一度又一度,它们就是这么做的。我徘徊在每一棵树前,我听到了那来自树干内部的努力之声——艰难然而顽强地发出绿来。

八

  中国的大西北有多少关?有多少早已沦为地名?又有多少是湮没的人心呢?

嘉峪关、阳关、玉门关……每一个关都是一个"尽头"，一个需要重新开始的地方——所谓"雄关漫道真如铁，而今迈步从头越"。

过阳关时夜正黑，阳关塔楼淹没在西域天老地荒的夜色中。然而，对于我这个初出阳关的人来说，位于河西走廊西出口的阳关，绝不是一个夜色可以淹没的普通地名。"劝君更尽一杯酒，西出阳关无故人"，在那一夜，我是我。同时，我也不可避免地是千年前阳关送友的那个王维。

向西、向西、再向西——一代人西出长安，下一代人西出阳关……在祖先的时空里，向西的每一步都是未知，不知前途。每一步里都有茫然消失的马队、战车和驼铃，每一步里都有忐忑不安，每一步里都有对故园最后的深情一瞥，每一步里都有旷世的勇气和豪迈的胸怀……而今晚的我，随着火车的一声长鸣就轻易地西出阳关，并且心中有着明确的目的地和路线，那里又有着怎样的等待？

西出阳关，向西、再向西。我毕竟是我，我再也不会是千年前的那个王维先生了！

九

烽火台上的狼烟早已熄灭，就连烽火台本身也已被岁月的沙石狂风吹打得越来越小，即将熄灭、消失。它瘦削的身影孤零零地站在戈壁荒漠上，隔着很远我看见它——它像是要同我打招呼。

它像一个人、一个古代戍边的士兵。它在寻找消失了的长城,寻找"战友"留在战道上的脚步声、喊杀声、马嘶声……

十

胡杨,又名异叶杨、胡桐。分布在甘肃河西走廊、内蒙古、青海、新疆。它的名字,是和最为干旱恶劣的生存环境联系在一起的。置身戈壁荒滩里的胡杨林中,我被它的顽强彻底震撼了——我不能想象它如何生存下来。据说,胡杨能生长千年,死后千年不倒,倒后千年不腐。它的存在本身就是一个神话,看见它,就有一种拜谒的感觉。

胡杨是不能"成材"的。它扭曲的枝干弥漫着一种恐怖、惨烈的气氛——经历无数同狂风砾石的搏斗,它痛苦的肢体留在蓝天下,每一枝每一叶,都留下了它不屈、挣扎、抗争的痕迹。

没有哪一种树能像胡杨一样,成为卓越的精神生命的象征。面对胡杨林,我重温了久已不在心中的尊敬的情感。

十一

清明刚过,东风航天城烈士陵园里一座座墓碑前,还摆放着花圈、没有褪色的花束和祭奠的酒杯。它们从千里万里、四面八方,被一颗颗思念的心带到这荒凉的戈壁深处。在离墓园的不远处,是高耸入云的卫星发射架、蓝天和一代又一代航天人的梦想。

航天城从一九五八年开始建设，第一代航天人是从朝鲜战场上撤下来的将军和士兵，他们一头扎进茫茫戈壁深处，隐姓埋名，消失在千古荒凉里，许多人从此再也没有回过故乡。

关山万里，有许多人长眠在这里，无法把遗体运回家乡。有许多战士的家人，永远也不知道自己的亲人已长眠在此。

俯看一块块石砌的墓碑，这里有许多名字，有将军、士兵、工程师、炊事员、卫生员——这些名字我都不熟悉。然而，在这偏远的荒漠里，这些陌生的名字却异常地亲切和温暖。因为我仿佛看见，在遥远的地方、在梦中的故乡，他们的亲人仍年复一年地守候着他们的讯息。在那一块又一块没有花束、没有酒杯的墓碑前，我停下来——这些万里征战、再未回过故乡的战士，也许连思念他们的亲人也已离开人世，那么，就让我——这万里之外的过客，替他们深深地鞠上一躬吧！

十二

我徜徉在深夜的星空下，独自望长天。我不思念什么，我什么也不能想——千里万里，人与人、人与故事，似曾相识，再难相逢。这是一块属于"告别"的土地，在这里的告别，仿佛重回了远古年代的传奇。大吼一声，万里广漠，我喉咙里发出的声音能传多远？！两行热泪，不知哭向谁……

我仿佛也在同自己"告别"。

水的声音

数度走过、探询过同一个地方并不稀奇。令人不堪忍受的是数次的经历或感觉竟惊人地相似，这是否意味着某种激情的消失或领悟的困顿？于是你不再问我什么，我也无须回答什么，眼睑同样堆满平静和疲倦。

但是，那水声、那趵突泉的水声、那轰鸣流淌在我们心中意味深长的水声呢？

一个"突"字，给我们带来最初的梦幻般的意念——那拔地矗起的巨大水柱，用力向上直问蓝天；那惊魄动魂的喧鸣，一刻不停地在灵魂深处溅起无边的遐想。我们整个身心全力接受它热情的拍打和摇撼，慵倦没有理由，生命的活力在血管里勃发。飞溅的水珠在灯光的照耀中绽放五彩缤纷的梦，我们最初的梦。

动荡不安的水声、奔涌不息的水声肯定在我们心中存活过，在这座城市里存活过，并铸成历史和荣誉的某些部分。而我们总是强调数次到来时季节的干旱，并以此为借口，企图回避掉心灵深处的灰暗，回避掉我们存在的不利实事：心灵临近干枯几乎牵不出一条细流的精神实事，无力探询和感受、无力同大自然进行深层的互听和勾连，我们甚至不能省察其原因。

在失去那水声之后，我们的心很难再承受生活过分的沉静。我们像两个梦游的空壳，在趵突泉的花径竹丛、柳下石旁游荡，但我们正好获得了"缺口"的意义。缘着这个"缺口"，我们就还有追究什么的机会——自然、生命以及心灵间越来越少的关怀，并在超出纯粹属于自己的那一部分里获得意义。

生活里发生的一切，都另有一层含义，揭示另一个谜底。我们不得不心甘情愿地认定，那布满苔藓渴意的泉源，就是我们后来的心境。五颜六色的鱼儿，在我们肆意的欢娱里，顺着手臂疼痛地游逝了；陷入泥沼的树叶和花朵，一度是我们情感的小舟、恣意挥洒的情感密码。人总是在扬扬自得时变得肤浅，在任意挥洒的时候，就已经丧失了彼此的尊重，欢爱里便不敢再深望一眼如失明般干涩的泉眼——那是一声无望的叫喊停在那里，它传达来自地球深处，同时也是灵魂深处的痛苦和疑问：我们的内心还能否赢得一丝回声？还有那些裸露的石头——扭曲着，玲珑着，显示能工巧匠的意志，却丢失了某种大意志。

思过、想过、累过，随后又有激情丝丝缕缕地波动，这同时或许涌起另一种悖论：激情什么也拯救不了，有时它会被天上的满月所惑，狂奔起来犹如一群烈马把你扔进深渊般的广漠，在广漠中飞翔、上升、坠落。仰躺在趵突泉边的草地上，仰望着柔和的蓝天、飘忽的云羽，我们无端地喘着粗气——这是若有所思的姿态，但其实一切无从想起，脑子里一片空白。而当我们翻身俯卧在草地上，把所有感觉交给大地的时候，我们的心跳通过最细

原本无二语

何处有单传

五月初二 亚坡书

凡事万物均扎根于之中，故因果家、接岳因不果岳果不因乃至而有事物皆出於因果非化之中佛理昭示皆自然社會生命之原理無相背諺者世又記之小的草尖和水珠，一直伸向地心。在那里，我们的心同地球的心一起灼热地跳动，我们听到油画《打破的瓦罐》里传出的声音，对整个人类进行艺术提醒的声音——心灵之水从打破的瓦罐里无助地淌泄，淌泄打破者——人类欲望无声的忏悔，淌泄那位女性——地球之母平静美丽的外表下深藏的痛楚和悲哀。

只要心中仍有痛苦，就一切还来得及，只是不能带走忧伤。

静静地凝视着想同我们说话的泉眼，静静地激动着一种难得的思绪——它不再仅仅属于两个人之间。我们听到了彼此内心的鼓励：只要精神不再干枯，终究还会听到趵突泉奔突的水声、自然的启示、生命的箴言……

唐五代僧人诗句选题
桐雅松月题

《寄郑谷郎中》
——唐五代齐己诗

高名喧省闼，雅颂出吾唐。
叠巘供秋望，无云到夕阳。
自封修药院，别扫着僧床。
几梦中朝事，依依鹓鹭行。

《秋日闲居》
——唐五代修睦诗

是事不相关，谁人似此闲。
卷帘当白昼，移榻对青山。
野鹤眠松上，秋苔长雨间。
岳僧频有信，昨日得书还。

《湘江渔父》
——唐五代齐己诗

湘潭春水满，岸远草青青。
有客钓烟月，无人论醉醒。
门前蛟蜃气，袭上蕙兰馨。
曾受蒙庄子，逍遥一卷经。

《听轩辕先生琴》
——唐五代虚中诗

诀妙与功精，通宵膝上横。
一堂风冷淡，千古意分明。
坐客神魂凝，巢禽耳目倾。
酷哉商纣世，曾不遇先生。

《登祝融峰》
——唐五代齐己诗

猿鸟共不到，我来身欲浮。
四边空碧落，绝顶正清秋。
宇宙知何极，华夷见细流。
坛西独立久，白日转神州。

《再宿京口禅院》
——唐五代栖蟾诗

滩声依旧水溶溶，岸影参差对梵宫。
楚树七回凋旧叶，江人两至宿秋风。
蟾蜍竹老摇疏白，菡萏池干落碎红。
多病支郎念行止，晚年生计转如蓬。

《卖松者》
——唐五代修睦诗

求利有何限，将松入市来。
直饶人买去，也向柳边栽。
细叶犹粘雪，孤根尚惹苔。
知君用心错，举世重花开。

《送僧》
——唐五代可止诗

四海无拘系，行心兴自浓。
百年三事衲，万里一枝筇。
夜减当晴影，春消过雪踪。
白云深处去，知宿在何峰？

奇朴出花

僧有能诗谓之诗僧
古代诗僧之作如齐己

湖源春水源岑远水
远之有客钓烟月岳人
论辨话门前晓壁气蒙
上黄兰苔官苍萝振
千遍遥一卷经
龙泓名共不行新峰里
张鸟共不行新峰里
人行日探神州
降田逾空堂意地
永行有门仅仍拓入亦中
顶辽活沈何曲如何挺
立径入笑去也同柳道就
华莫见细泊坛而颇立
细莱从花空孤根当
意茜和若用小销举世

贺监旧山川，空来近百年。
闻君与琴鹤，终日在渔船。
岛露深秋石，湖澄半夜天。
云门几回去，题遍好林泉。
——唐五代齐己诗
《寄镜湖方干处士》

溶　洞

在淄川山区的一派神秘的蜿蜒险峻之中，我找到了时间的出口——以沙漏和水滴中的石质计算的时间，使我倍感寂寞和孤单。我过了那么多年，历尽了发丝、牙齿、肢体和心灵的成长，却仿佛是被抛掷在时间之外的一个物体。在时间的出口，我感到无所归依。

钟乳石——时间的打坐者。它有心灵吗？它有足够的耐心（那滴滴时间之乳喂大的空间）同心灵较量吗？一柱柱石笋——渴望献身的勇士，留下造化的渴望。时间啊！也渴望年轻、渴望原初吗？

大地复杂。有关地理学的知识扩大了人类的方位感，但这一切的母亲却那么单纯。而这一方方石柱、石条、石瀑布面临着一轮又一轮的想象和命名。

形状、色彩、运动、凸凹不平（节奏）。我迷失在时间的交响乐中，不知我为何、何为我。但我徘徊在这里，这里的时间，从我开始。

乌 托 邦

我在爱狄亚山的一座小山坡下有一栋小房子——白色、木质结构。后墙就砌在山坡的石头上,房前正对着一片湛蓝的小海湾。这儿空气澄净无比,离这儿最近的城市也有上千里远。在爱狄亚山的东北侧,距我的房子二十里远的地方,有一个小集镇,没有名字,散落在这一带山区的居民在那里进行一些小贸易,有海货、农具、针头线脑。我每隔半月就要到那里去一次,去选一些木料回来。

我在门前的石阶旁,开辟出了一块五六米见方的空地,栽了月季、梅花、冬青树、小杨树,还有些不知名的细草,它们长得都很茂盛。空地上摆满了我选来的木料、做木匠活用的工具、一套式样很古朴的茶具,竹椅上放着两本朋友捎来的书籍。我做活、喝茶,累了就坐在竹椅上看书。

我的小屋离小海湾的水面只有五十几米远。渔民们摇着船从小海湾出海的时候,总要挥手和我打招呼;回来时总要停了船上来,喝一点我的好茶,讲些海上的事、捕鱼的知识和各种鱼的特性,有时也捎几条鱼来给我品尝。教我做木匠活的老师,就住在山后，他每隔十天半月就来一次，帮我摆弄木料。他对各种木材的知识很丰富，最复杂的活计他都能做。他教会我做各式各样的家具、农具。不过，在教的过程中，他不怎么关心具体的操作，他总是把大概的式样和框架告诉我，让我自由发挥。

有一年冬天，发生了一件事情。有一天，我正坐在门口披着暖意的阳光读着一本叫《乌有先生传》的书，突然，房后山坡上稀里哗啦一阵响声——我一看，一只灰色野兔滚落下来。它惊恐万状，想跑，但腿摔伤跑不动了。我跑过去抱起可怜的兔子，一只黑鹰尖叫着，冷不防从空中俯冲下来，我慌忙抱着兔子进屋。那只鹰围着屋子尖叫不停，像是发泄对我的愤怒。

我收养了小兔。给它治了伤，没有做笼子就放在屋里。我知道它不能出去，那只鹰在伺机等候着它呢！

我决心寻找那只鹰。我换了鞋，穿了棉衣，但没有带猎枪。我也没有枪。

山上的树没有叶子，雪深一脚浅一脚。没有可吃的东西，鹰会飞到哪里去呢？终于，我在一块大石头后面找到了它——它又冷又饿，浑身发抖。身上没劲，但那双眼睛仍然那么尖锐、锋利，像刀子。我想：鹰虽然是高傲的动物，但我没有枪，而它又落在了地上，我们都有同一种感觉，我们不妨谈谈，我一步步走近它，满怀敬意，它也向我走过来，含着一种谦逊。我抱起它，把它揣在棉袄里，给了它一些小鱼干吃。

鹰也成了我的客人，和小兔一起住我的小白房子里。它们终于和解了。

太乙近天都，连山接海隅。
白云回望合，青霭入看无。
分野中峰变，阴晴众壑殊。
欲投人处宿，隔水问樵夫。
——王维《终南山》

冬去春又来，杨树青，梅花红。我爱的人从千里外的地方来了。她一见我就流泪。她重感情，为人朴素。我很平静，好像她从未离开过我。我们一块到屋后山坡上去，在我开垦出的一亩多地上补种花草，我们手上的农具闪着春天的光泽。她问：你为什么不急于倾诉爱情？你有梅花红，杨树青，为什么还要种？我答：梅花太艳，杨树太俗，我要种不艳不俗但又朴素高贵的花。她问：你光种花草不种粮食，怎么活？我答：光种粮食没有花草也不能活。

　　我们一块种花草、种粮食。我还教她学会做木匠活、在木头上雕花。我们一块读书，回忆一些往事。

　　时光过得很快，国家要在爱狄亚山修建一座旅游城，我的木房子不能存在了，我被迁到了现在住的地方，到如今已有十余年。

无　语

　　偏离熙攘的人群，斜斜地独自选择一条寂寞孤僻的山间小径。小径在高高低低的林间躲躲闪闪、飘忽曲折。秋后，纠缠不清的杂草，仍挑衅似的铺张着葳蕤旺盛——追问小径上最初的足迹，它们已湮没了多久？多久没有人再从这里走过了？

　　好久以来难言自己的心绪。无语之境像疾病一样蔓延、包围，使我中毒、驯服。野百合、幽兰以及青翠欲滴的鸟鸣，没有能进入我的身体。我只听见每一个脚步间，腿骨节弯曲然后挺直时发出的咔咔响声，仿佛重轭下的木轮车不堪忍受的沉重——无力喊出什么，无力再面对一种精神的考验。就像过去的许多年里独对的茫茫大海，尚有的激情使我敞开怀抱，我要大声倾诉而终未能吐出一个字。无从说起是因为它的苍渺、悠远？而现存的人生中，则已不是无从说起而是无话可说了，我惶惑这是为什么。

　　心潮澎湃的时刻过去了。我看到那些长满雄性胡须的嘴巴青魆魆地紧闭着，仿佛一下子面临一段生活的结束，究竟有多少缄默属于沉思和怀念？人们走了或偶尔归来，来去匆匆，因为同生活的契约太多。最后坚持留下来的几个人，住在阴暗潮湿的房子里，默默地干着或想着自己的事情，终日是无缘无故的忧心忡忡、焦躁不安、永远不能卸去的忧郁和疲惫。教堂里的钟声，穿过冷漠的秋雾传过来，一个话题偶尔被挑起，也只能使眼睑轻轻而迅速地撩动一下。走廊里阴沉、寂静，偶尔有人来，在耳边说好多热情的话，我好像什么也没有听见，没有回答什么的冲动，因为那些话语再也不触动内心。我是在一段成年人的学生生活即告结束时爱上无语之境的。这不仅是因为性格，也不仅是因为早已过了见面或分手时因为激动说不出许多令人流泪的话而急躁、慌乱的纯真年龄。

生活仍将继续，却没有什么要说的，这是为什么？

总是在偏离人群的地方找到自己。在这落寞荒凉的山径，受那些鲜花野草的注目，走过去鸟语随即沉寂。吸引和产生影响并不是一回事，而总在找到自己的刹那又放弃自己。听听自己的心跳、掐掐血管里尚存的青春热血，然后的思绪是不踏实的旷远、是不得不逐渐平静下来的扭曲。宇宙和自然，人群里的欺诈、猜忌和纷争，现存的真诚莫过于性格的能或愿意的冲突了，这多么可怜。而在无语之境面对自己，则已不是无语可说或不能说，而是难以说清了。在这座城市的边缘部分，常常是这样：天上一个月亮地上一个人，还有一个白天里供人们从各个侧面擦肩而过的广场，总像一句不知什么的回声待在那里。秋末冬初，空气凝重了，城市的煤烟和湿雾混合在一起。天上已无月，地上却只有我一个人，在长街无所思无所从地重复走动，甚至说不上是迷惘和惆怅，心中彻底的冷漠和空白使我像一个幽灵漂泊游荡。

在这样的时辰里，我会想到你。

在一些猛然的瞬间，我竟连你飘逸的发丝和温柔中透着犟劲的语调也记不起来了，我这才懂得自己如此珍惜的，是想到你时刹那间的感觉，我好像又有话语要倾诉了。可这样的感觉竟也如此短促——你的眼睛灼热、执着而纯粹地望着我，像六月的太阳，日复一日地重复却使我觉得平常了、熟视无睹了。而我怀中的爱意，像滚滚河流上纤夫紫铜色的肌肉一样暴胀疼痛，却不能像花蕾般舒放。

那一次短短的、在心中却是长长的旅行，我们去了中国神圣的文化故地，我们没有选择却异口同声地说出那个地方，这令我们惊诧不已。在刻着男女规范的石碑前我们面面相觑——我们做错了什么？内心错乱着的是战栗、委屈、空虚、忏悔还是滑稽可笑？说不清，是彻底说不清了。

是不是远离了嘈杂的市声就可以轻松些？是不是躲避了目光的追窥就可以自我陶醉？如果说出的痛苦是对痛苦的亵渎，那么说出的幸福也是对幸福的毁灭，而能够用语言表达出来的幸福是多么微乎其微——当我注视你痛楚、刚毅的内心，企图说明自己的时候，我感到自己从未有过的庸俗。伫望山径旁一棵被雷电击中的树，那种伤害多么鲜明——烧焦的伤口，似乎流淌着想喊而喊不出来的心音。击中或许是偶然，就像目光间轻轻一碰的瞬间，就注定会毁灭一生或拯救生命，一切在冥冥之中发生，而真正使我们沉沦的不是过程而是目的和结局。面对种种伤害，解释是更深的罪恶。要紧的是真正爱过、对该做的事尽心尽力。

[Handwritten manuscript - illegible to transcribe accurately]

旗帜（之一）

旗帜在队伍最前面的人手里举着
他的自信照亮了整个队伍
他本可以是一个怯懦的人
旗杆给他传递了威严
他目光炯炯，胸膛挺直

现在，旗帜易到队伍的第二个人手中
这是很久以前的事了
我知道，我是排在队伍最后的一个人
旗帜易到我手中为时尚早
所以我憋足了劲等着
气宇轩昂地跟在队伍的后面
一步不落

低语冬天

雪落在木柴垛上
雪仍在慢慢地下着
其中总有一部分
不断地落在木柴垛上

那些木柴刚刚劈好
我把散乱的木柴码成垛子

劈柴的声音
覆盖在雪下

仿佛我要在家里过冬
仿佛雪盖住了木柴垛

叫喊

一声叫喊，发生在深夜
在鳞次栉比的睡眠中回荡
它从肉色鲜嫩的喉咙发出——
偶然，孤立，更像一声叫喊
它使楼房漆黑地站着
路灯亮着
它使听见它的人也想叫喊
它使月亮更高更明亮——
被深夜驶出这座城市的火车
带走

小弟

整整一个下午小弟在数子弹
铅灰色的子弹摆满手掌
整整一个下午小弟在聚精会神地数子弹
天空和树枝攥在手掌里
铅灰色的云层中似乎听见了枪声

整整一个下午我揪着心
整整一个下午我在痛恨秋天
树叶落了，落得这么干净
小弟还这么年轻

——自书新诗四首

我是怀揣着伤口无言地回到朋友们中间的，他们朴实得像泥土。（一些曾经同行的人正在离去，在心上坦率而无言地离去——离去也是需要缘分的，就像相知需要默契。）没有问候、抚慰，只有有力的一拳重重地打在胸脯上，这一拳拯救了我的生命。

终究是无言。对于无从说起的自然，只有感受个体生存的渺小；在无话可说的人群中，说过的被淹没了。而面对自身，能说出的那一部分，已远离了真实的自己。那么，我对于无语的钟爱，就不是无辜的。

在只有我一个人的山径，再次面对被开凿过的岩石——它们无言地裸露着古老的质地，诉说过、激动过、挣扎过，终归于沉默。站在高处瞭望脚下的城市，人群像蚂蚁一样聚散着。山风摇曳我仿佛在说：醒来，醒来……

一切的无奈尽在不言中了。剩下的，就只有对自己的沉默进行无声抗争了。

无语。

远去的青草

在城市，抵达青草的气息是一种奢望。

酒、酒馆和夜晚缠绕着，一起沉醉。酒馆的色调是暗红色的，弥漫着迷乱中的亢奋。酒馆里布置了很多盆栽的花草，数量之多，仿佛是酒馆的主人临时从花圃里拉来的——有栀子、玫瑰、米兰……还有多种叫不出名字的草。花草摆在窗台上、木地板上，甚至摆到了酒桌上——它们都在按照主人的意思，尽自己的努力释放自己的能量。然而，在混合着酒气和人造香水味的浑浊之气的联合挤压下，它们只能毫无生气地呆立着，并逐渐沉睡。

甘醇的酒香被酒神收走了。但那天晚上我喝了很多酒，踉踉跄跄地走在街道上。初春的天气灰蒙蒙的，有点冷，不时有冰冷的雨滴迎面打在被酒烫热的脸颊上。正是这些不期而遇的雨滴，让晕眩的我清醒了许多，我努力地睁大眼睛。

身边穿梭的汽车碾着湿乎乎的地面，车后冒出的尾气一律是浓重的、黑乎乎的，就像我心中填满的黑乎乎的懊丧。醉酒让我感到疲乏无力和对于生命的深刻失望，就连对于人与事的许多联

> 寥寥远天净，溪路何空濛。
> 斜光照疏雨，秋气生白虹。
> 云尽山色暝，萧条西北风。
> 故林归宿处，一叶下梧桐。
> ——唐崔曙诗《山下晚晴》

想和憧憬，仿佛也沾上了浓重的酒气。我是怀着冲动和渴望奔向那家酒馆的，如同多年前我们一起从阴影里奔向阳光，从窄室奔向阔野，从光秃秃的河岸奔向绿色的青草地……但酒醉淹没了相逢的欢愉。时隔多年后面面相对，尽管我们努力使语言、动作和眼神像一架掘进机、像一条坚韧的蚯蚓在过往时空里钻探，但始终钻不透对方——我们总是隔着什么，语言失去了向前延伸的力量，而只堆积在眼前的事物上。我们的心没有在那片青草地上相遇，只是白白地浪费着"相逢"这个词。

青草恬淡的香气已从我们、从人的身体上远去了。

就像两片被烟熏黑的肺叶遮盖着整个城市的街道，浑浊、呛人的空气中我有些窒息，有些浑浑噩噩。突然，有一种异样的气味将我震醒，把我打开了。

那是一种强烈得有些刺鼻的草汁所发出的味道，它浓得化不开，以至于我不得不捂住鼻子屏住呼吸。

在楼盘间的草地上，工人们架着新式电动割草机吱吱地割草。草一片片倒下，厚厚地铺开。据说，居民小区前后五个大草坪上的草，全部花高价从美国进口草籽。在灯光下我伏身草坪，那些草绿得浓黑，叶片粗壮肥厚，浓浓的绿汁液正从刀割的新茬上流出来。

这是一种虚假的气味，它有着太多人工的痕迹。

当我和衣躺下的时候，绵软的酒意把我带到了春天的草坡下：鼻子上闻着毛茸茸的草叶，太阳暖洋洋地照着，在青草淡淡的香气里，一个少年睡着了，他寂寞的梦正迈着轻盈的脚步，飞奔在各式各样无名的草尖上。

心　仪

"洗净双手／翻开好书／像翻开少女初恋的襟怀"——这是我的诗句，这是我读好书时的情境和心情。好书是孤夜里一盏灯，是初春里的第一场雨，是远远地放在那里却时刻照耀着你的完美的宝石，是你寻觅不见却在你身体里向灵魂发出的声音。没有什么比阅读好书更能使我沉浸下来，从浮躁和空虚中剥离出来，就像雨中或午后怡然的睡眠，让我拥有无比纯洁的幸福之感。明媚的光线、舒适的座椅，似乎并不直接构成阅读的幸福感，而如果无边的静谧降临到阅读，就会使这幸福绵延逶迤——它迈着清晰、敦厚的步子直达内心深处。

我拥有着对于好书的崇敬与渴盼，在幸福中度过许多时光。我翻动好书的手指洁白无污，我把心房打扫干净，像接纳天使莅临。好书就是宁静、浩瀚、松软的土壤，供我生长。我不能容忍书页的残缺和卷曲，不能宽恕低劣的封面和插图。我总是读读停停，似乎不忍心一下子读完——就像小时候吃稀罕的食品，舍不得一口吃完一样。像《神曲》《野草》《渴望生活》……我好像永远也读不完。一流的好书不适合一口气读完，因为不可能一时一地就可以读懂、读透，它们总是伴随人生在变化——就连你翻动那些书纸、看见那些文字时的感觉，也在不断发生着不可言喻的深邃变化，仿佛是在考验着你的成长——心灵的尺度。我常常被书中释放的巨大能量击倒，久久地失神，沉浸在幻想或情思之中。

阅读的习惯甚至就是人生的习惯。对好书的阅读会使你养成一种气质，这种气质在你的生活中会不知不觉地扩散并塑造你的生活。如果不是生存的窘迫，我绝不在不适合于读好书的地方和姿势中进入那样的世界，而且也难以进入——但我敬佩那些在嘈杂的市声、恶劣的场所和虚伪的空气中，一方面忍耐生存的压迫，一方面一点一滴地阅读积累，最终使自己异常丰富并葆有卓越心灵的人。所以，如果阅读好书能使我们同伟大的、人性的、纯洁的思想和情感发生联系，那么，生存的卑微就不会干扰我们的灵魂，我们的品质会保持着抗拒、清醒和富有教养的质地。

为一本时尚杂志所作的卷首语

小时候读童话，常看到那里面的人物，经过了惊险、磨难和爱的救助以后，来到一个和平、安宁的地方"快乐地生活着"。

每当我读到"快乐地生活着"这几个字，我就长长地出一口气，我的心就重又高兴起来。

快乐地生活让人向往，它应该是一个结局。

长大了，反倒迷茫了，不知道怎样的生活才叫快乐生活。或者是找到了生活，却丢失了快乐。

我经常自问，我快乐吗？

生活贫穷的时候，容易找到快乐。生活富有了，快乐却不见了。富有和快乐真的是一对冤家吗？

《快乐生活》是一本物质时代的童话。

石榴。黄鳝。白莲藕。毛蟹。文蛤。山药。剪纸。胡集书会。吕剧。展子虔。董永。李广田。乍启典。无棣。阳信。沾化。博兴。邹平。惠民。四环五海美景尽收。

——家乡滨州人文风物名录

笑 声

——致庞培

久违了,这样的笑声突然爆发,从胸腔里,一阵畅快、欢悦,在江西婺源的古道上。古道旁大块的空地产生回响。

仿佛起自遥远的古老山歌的喉结,起自开阔的山涧谷地,起自干旱季节喷涌的流水,起自泥土的愿望和悠久的底气……

多年后重逢,这样的笑声爆发在我耳畔,一下子把不见的这些年连接上。

你所要表达的,正是你什么都不想表达——仅仅是你想笑出声来,甚至,你并没有意识到要笑出声来,声音就这么来了。

我多少年没有听到如此爽朗、淳朴、无遮无碍的大笑了。那些窃笑、招笑、嘲笑、得意之笑、坏笑、强装出的笑……都是从人身上发出的,而你的笑来自大地。

这声笑,让我读懂了你全部的诗,连同它的空格和标点。

女　人

终不能不信，苦短人生活得深刻与否，取决于遇到什么样的女人。而遇到什么样的女人是宿命。

有一种女人是天然不需要开口说话的。我常常发现，有这样一种女人的场合是虚幻的，它像玫瑰色的梦一样熏染着你的情绪。与这种女人交流只能靠间或相遇的目光。这种目光在瞬间，也只能在瞬间发挥效力，久了，即可失效。这样的女人是艺术品——水做成的艺术品。她让你想象着远离尘世的生活，她同时改造着你的生活行为或思绪。

另一些女人是善良的，她们朴素得如同大地上的草和不太珍贵的植物。这样的女人是不能不开口说话的，因为她本身没有吸引异性的磁性，她靠行动和语言。她唤醒的是良知而非审美，她的魅力是现实的。她把你吸引向现实的大地，不锤炼你、不提高你，她只让你感到生活中不能脱离开的东西，比如疾病、劳累、疲倦、危险等等。她的亲情更像母亲而非情人。你不能陪她在极短的时间内高质量地度过一些时光。

诚信乃处事之本,人无诚信,寸步难行,无以语世,以信为本,可见微小城,是故敬惜字纸,即敬惜诚信也,丁丑夏启功

敬惜字纸

宇悟范

给你梦幻的女人，让你生活的女人，如果非要离开或得到某一个方面，人生就不得不残缺着。而残缺是不是生活的本质？

对女人说一声"我屈服了"，也就等于向命运说一声"我屈服了"。

麻　雀

一只麻雀的尸体躺在院墙下，它死在早晨和黄昏它唱歌、说话、聊天的地方——长草的墙头以及旁边的那棵杨树（一丁点小地方就能容下它细小的双足）。一只麻雀的死有如树叶上清晨露水的轻轻滑落，但清晨和蔼的微风仍像吹拂其他活着的生命一样，细细地翻动它的羽毛。

一只麻雀的尸体，在迎面扑来的这个早晨，让我在看见冉冉升起的太阳、鲜亮的云彩、澄净的天空、绿色、锻炼、朝气蓬勃之后，看见它们带来的痛苦，看见一切大和一切小，看见一瞬和永恒，看见铭记和微不足道。

它厌倦了飞翔？厌倦了同人类的朝夕相处？在温暖移向南方的冬季，只要它没有动身离去——在房檐上、电线上、枯树枝上，它尽量缩小着自己的身体，它始终在我们附近，最多来到我们的阳台上，以它略带惊慌和试探的双足，表达它的不即不离，它的亲昵和分寸。我以轻虚的心靠近它，靠近这种被人类集体轻视和伤害最多的生命——作为一种恶习，我们总是无休无止地伤害与我们亲近的生物。

麻雀是一种平庸的鸟，像我们这个院子里的芸芸众生——老婆、老妈、叔叔、大爷。蓝天的高远与它无关，美丽俊俏的赞美不属于它，它的鸣叫与其说是歌唱，不如说是聊天唠嗑——但它听不见了，杨树上、墙头上，已有许多只麻雀在说话，仿佛在相互打听、询问——它为什么没有来……

一只麻雀的死不太像"死"——它会被看成一小块木头、一块土坷垃，它的灰褐色的身体很容易同土地融为一体。

一只麻雀的死，让这个清晨浩大的晨光在瞬间稍稍顿了一下，像眨眼。但对于我来说，它取消了这个早晨。

随　想

不知自何时起，常常是一个人，常常愿意是一个人，在空洞的房子里不着缘由地独自重复走动，独自忧烦、纷乱和苍莽；在暮色中走上一条无人问津的小径，走着，其实没有什么目的；在南北的山林海岸长久地独坐，貌似沉思，其实脑子里一片空白；或是深夜推窗，伫望由近及远的黑蒙蒙起伏的屋脊，眼里竟噙满泪水……好多意绪寻不到任何理由、说不出任何理由。久了，便认定是一种生命的情态、是一种宿命——诗选择我的时候，也是一种宿命。

生存是一种沉重，因为有责任。有时沉重并非来自外部世界，而是源于自己的内心和骨髓。是一种秉性、一种气质？无法说清也无法改变。说不清世界，首先由于说不清自己。时间在来不及说清之前就匆匆过去了，留下了许多过去了再回头望一眼就会灼痛心魂的旧处、许多忘却了就会终生难安的人和事——比如那些朗朗的少年时光，那些一起读不准看的书（并非坏书）、一起为受了欺侮的女孩冒险打架、偷了家里的食物送给过路人的有血有肉的少年朋友。不知为什么，后来的岁月里竟一一疏远了，相互不理解了，心与心之间有距离了。我想，这大概缘于自己开始难以说清自己的时刻。也许，他们说得清自己，说不清自己的是我。他们仍然有血有肉地活在这个世界上，而我敬奉了诗神，却失去了朋友……好在这几年默默献给诗神的依然是一种真诚，像先前对朋友一样的真诚，于是，就期望这些诗能够给朋友这样或那样的误解添一丝缓和与宽慰。

其实，还远不到能或者愿意说清自己的时候。完全说清了、适应了、懂得了为人处世，诗也就远离了，这是无奈的事。

在一个狂风恶雨的夜晚的阳台上，同朋友肩并肩，望着在风雨强暴下的房屋和树木，手不由自主握到一起，深感彼此的温暖和难得。正如人生艺术，常常是处在此岸与彼岸之间——在波涛中、在艰难里、在纷乱下——人与人的理解虽层次不同，但同样珍贵。人活着，错觉很多。人在天地间，高大得很，不依不靠以自己的智慧和血汗铺展自己的道路。其实动情一想，这世界值得感激的东西的确很多——一滴水、一片阳光、一抹微笑、一声鼓励、一句批评乃至一份打击。"人是应该常常怀着爱的"，这就不仅仅是为着诗。

我依然钟情于那些本色的人，尤其在人被扭曲的现代社会里。那些流失的和即将流失的真情、真心、真实存在，将永远构成诗歌的底色。

在艺术和生活中，有时清醒、有时模糊、有时熟悉、有时陌生、有时自己认识自己、有时自己不认识自己，对于诗人骚动的精神生命来说这很正常，要紧的是承认、纯粹、坦率。

雅量

那么，诗是什么？

是生命的质？是对于社会、自然、人生的纵横交错的核辐射？是人类最后的一份理解和对于灵魂的重构？是人深层存在的关照？或是号角？是旗帜？……一切能说出的别人都说过，也许

唯有想方设法也说不出的那么一丁点，才是属于自己的真切领悟。有时艺术和人生一样，支点不需要太多，凭那么一丁点，就可以深深地走下去。

激　情

青春同激情的联系，断了，在当代的日子里。

在纷乱的现实中，我穿行其间，观察着人和事物并体验它们。有时我非要把一件事做到底，或者中途停下来，这是由那件事本身所包含的具体方寸和意义所决定的，与我本身无关。那种停止和前行的驱力，如自天国中降于吾身。在我明白我没有激情而拼命召唤它的时候，在我意识到我需要它的时候，它却恰恰不在或早已不在了。而在黉夜，当自然界和身体逐渐平息下来（好像是平息下来了），我却感到了有一种积极向上的情感猛然地在内心躁动不安，好像要通过各种器官涌上来，支配我的行动。然而，此时此刻，我正好丢失了任何借口和措辞，我面对的是虚空，没有对手毫不具体的思绪如此零乱不堪。也许，激情只在非具体的思绪中生存着（它同一只豹子见到一只小羚羊的情形完全不同），而一旦具体化、现实化，激情就难以爬上事物的台阶。

不乏思考，然而缺乏富有血性的激情。在个人命运的焦点上，情形恰恰相反。

旧　物

红秋衣

一回头，那件大红的秋衣还挂在刺槐树的枝柯上。

一阵刺鼻的樟脑味把我呛得直想流眼泪。潮湿的季节刚过，妻子要晾晒陈年的衣被，满屋子噼噼啪啪的拍打声，仿佛是对这个季节，进行一场意味深长的命名。

在一只从未翻动过的木柜的最底层，一件大红的针棉秋衣浮现出来——它是那种旧式的小开领式样，皱巴巴的、瘦削单薄，仿佛穿过它的人刚刚发育不久，领口和腋窝处还隐现着没有洗去的白色汗渍。

但那大红的颜色让我眼前一亮。

妻子嘟囔着摇头：这是谁的衣服？我拿过来，使劲地闻——除了能隐约地嗅出秋衣上的汗味和经年的霉味混合而成的一种怪味，我还闻出了遗忘。

我已经忘记了过去的气味，但青春找上门来了。

那个场景是否真的存在过？告别父母，在偏远的乡下代课教书的那个小学校，一根木头支起的没有球网的篮球架下，我光着膀子在打球，从下午放学一直打到天黑。

没有人看，也没有喝彩。空空的球场上，只有我和我的影子在醉心地晃动，在太阳下狠命地跑、跳、投，以至于我把最心爱的大红秋衣都忘记了。

一回头，它挂在刺槐的树枝上讪讪飘动，像一小片寂寞的晚霞。

瓷　猫

除了农具，祖父留下来的就只有他枕着睡觉的瓷猫了。

祖父的一生很简单：在太阳下的田地上干重活流大汗。大口大口地吃饭。枕着瓷猫打呼噜。

一想到无论春夏秋冬，祖父都要枕着一只硬邦邦的瓷猫睡觉，我那睡惯了丝绒软枕的脖子就本能地起反应。若说酷夏，凉滋滋的瓷猫可以消暑，那冬天呢——祖父说，惯了，没有瓷猫睡不好。

我注意过斗笠下祖父的脖子：黑红、粗硬。作为一家之主，他靠出大力流大汗立命。脾气暴，不服输，稍有不对付的事，他就梗脖子扬脸。看惯他低头干活不出声的样子，乍一扬脸露凶，确实吓人。

带着一生的倔强祖父谢世，却留下了这个散发着丝丝凉意的瓷猫。现在想来，没有让瓷猫随祖父一起入土是一个错误——我曾请搞瓷器研究的朋友看过它，它不仅造型粗陋，瓷的质地也很普通，是典型的大路器物，民间多的是，没有什么收藏价值。但它毕竟是自己先辈用过的，随便扔了也就没有了念想。而要再去使用它，在夏天里枕着消暑，不仅房间里的空调不愿意，我那在单位里点头哈腰养起来的文明柔软的脖子也会抗议……

北　湾

旧物，有的在变大，有的在缩小——北湾属于后者。当我二十年后再看到它时，它简直就像是一片小水洼，静静地憩息在蓝天下。

其实，北湾没有变，既没有变大，也没有缩小——它碧清的水面上的波纹没有变，水面下荡漾的暗绿色水草没有变，一湾如盖的荷叶没有变，就连我走近它时，青蛙跳入水中的声音也还是那么迅捷、清脆。

北湾曾是我少年的乐园。它没有名字，因为在村子的北面，村里人都叫北湾。每当夏季来临，北湾就是我和小伙伴们的家。我们在北湾里比赛游泳，比赛捉鱼，浑身糊满泥巴，从水里站出来，一起向过路的人亮出小鸡鸡，一个猛子扎下去，仿佛是一个长长的梦。当我在对岸钻出水面的时候，我已经长大成人。

再致春天

在一棵树繁花下无所事事
我放弃亘古悲叹，也没有
看见失去的韶华中
努力挺身的小树，从书本
到屋外已是漫漫长途
那盯看一朵杏花的力量
耗尽了我的体力
直到它凋落，直到那棵树下
落英缤纷
直到春天的虚弱直达骨节

着急地写下春天

着急地写下春天
跟一个国家没关系
跟上班的单位和家庭
也没有
我上街买酸奶
看见路旁的枯草里
似有星星点点的绿
有吗　其实没有
也没关系

——自书新诗旧作二首

北湾有多大啊！它容得下我少年时代所有的欢乐和梦想，悔不该在西湖荡舟，在东海航行，在青岛的海滨畅游……我知道，那让北湾变小的，正是它们。

北湾里本来没有那么满当的荷叶，只是在湾的东北角有稀疏的几盖。那一年，公社里的干部来到我们村子里，号召（逼着）

村里人打狗。打死的几十条狗埋在了北湾的湾边上。那一年，北湾里就忽然长满了碧绿硕大的荷叶，茂盛的荷绿涨满了整整一湾，涨得我和伙伴们浑身生疼。

也就是那一年，我们离开了北湾的水和泥，离开了故乡。然而，那日后令许多人羡慕的好水性却永远地留在了我的身上。在我的记忆里，我并没有跟谁学习过游泳，我是跳进北湾就开始游的，就像北湾里随便哪一只青蛙一样。

令人不解的是，我那脑筋聪慧、学习良好的儿子，却怎么也学不会游泳。我曾经在海水里教过他，在安全设施健全、宽敞明亮的游泳馆里用手托着教过他，甚至还专门请过游泳教练。

大地书写　155

也许，在他的生命里，缺少一个北湾？

站在北湾边上，我想得和北湾一样大。

合　影

二十五年前我同兄弟姊妹的合影照片，是我帮母亲收拾旧物时偶然发现的——黑白照，四寸，皱巴巴的，边角已残破。这张照片，是我同弟妹们在县城唯一的一家照相馆，用老式座机拍的。

后排右：我。大哥。站着。十岁。身穿横条纹背心，海军的那种。裤子露不出来。文静的眼里含着笑意。

后排左：大妹。站着。九岁。上身穿白色长袖夏衫，下穿碎花裙子。绷着脸。

前排右：二妹。坐着。七岁。穿白色连衣裙。娃娃脸。甜甜的。

前排左：小弟。坐着。三岁。穿小翻领海军服。虎头虎脑。

二十五年后，我在一家新闻单位工作，工作成绩平平。儿子已上大二。大妹下岗，成了个体户，加油站老板。二妹，一家制鞋企业的政工干部，自己带着孩子。小弟，一家大学美术系的团干部，脾气暴躁，父母常为之焦虑。

我专门买了精致的相框，把这张我们唯一的合影镶起来，摆在书桌上。

看着这张合影照片，有时候就像是看一张"寻人启事"。

母　亲

　　睡在母亲身边是我争取来的（小孩子的时候是天经地义的。四十多岁了还向母亲提出这样的恳求，我感到自己的眼眶里瞬间涨得很热）。母亲好干净，她从不喜欢别人哪怕是触摸一下她洁净无比的床——母亲的床是阳光和月光的领地，集散着窗台上米兰和栀子的花香。无论日子如何贫富、世事如何沧桑，也无论住房如何改变，母亲的床上总是一丝不乱。她喜欢将床靠窗摆放。老式的硬板木床上，粗布被褥、床单、洗得起毛边的枕巾上，散发出一种恒久不变的好闻的肥皂的香味（这种廉价、淳朴的香味是我味觉的底色，我从未真正忘记过它）。那一夜，我闻着这种淡淡的然而却能浸入骨髓的香味甘美地入睡。记忆中，离开母亲独自飞翔的这多年来，我似乎从未睡得这么快、这么踏实、这么无忧无虑——整个天地、黑夜、星空、树木、时世都变得那样安静，不是蒙上去的，是这个世界提供出来滋养人的那种。我睡得贪婪甚至疯狂，仿佛有意要把这些年来亏空掉的睡眠全都补回来似的——母亲是神奇的，她让一切都安静下来。她提供给我的是坚实地面——是水下我乱蹬乱踹、慌乱挣扎的双脚所瞬间触到

> 过了这么多年
> 我们才发现
> 芦苇是天生的哀悼者
> 每一根也是一位慈母
> 安慰着我们心里的死者
> 至善至柔
> 同河堤上的柳树
> 乃是时光中的精华
> ——杨键诗《芦苇》

的那种地面。母亲的强大，在她侧卧在朦胧月光中衰老、瘦弱的身躯上无言地传达出来，甚至连她的鼾声，也成了我睡眠的小夜曲——那一夜沉实的睡眠中，我回到了原点。我仿佛又在生长，骨骼发出咔咔的响声——身体在吸收母爱的养分。那一夜我没有梦，因为我已经抵达。

一盏马灯，一把油纸伞

何谓"先生"？

时隔多年，当我企图再次自我追询"先生"两字含义的时候，我正躺在小区的诊所里打点滴。右臂上，输液管里的药液也询问似的一滴滴进入我的身体。望着天花板，我在心里一遍遍复述着一种过去式的语调和场景：

再没有那样的灯了，也看不到那样的油纸伞，似乎也没有那样的黑夜了。

灯是马灯，手提的铁提系上留着湿亮亮的手温，玻璃罩子中的灯心火苗不会被风吹灭，但它的光亮却只能照见夜行者——先生脚下的一点点路面。油纸伞的伞面是陈旧的暗黄色，四周有些破损，留下被风雨揉搓的痕迹。竹片做的伞骨却有着日久弥深的韧性——哦，黑夜，乡间小道上孤独的黑夜、深一脚浅一脚的黑夜、风雨将周围的庄稼吹打得哗啦啦响个不停的黑夜……在先生的心中，那响彻周身的声音，多么像一种伴和着期待眼神的亲切的催促。

也许,那样的行走也不会再有了——崎岖的小道,乡间浩大的黑夜(我又想起打麦场上成片成片乡人身上的黑布衫),远远地,一点慢慢移动的灯火,像一颗跳动的心、一种黑夜里的灵魂。

何谓"先生"?当我发着高烧,无力地躺在祖母的臂弯里,在煤油灯的光亮里等待。远远地,我就似乎听见了先生那熟悉的咳嗽声(一个多病孩子特有的敏感)——它穿过外面的风声、雨声,从村外的小道上拐进村子,进到院子里。

在那时的乡间,人们管乡村医生不叫医生,也从不直呼其名,而称为"先生"。所以,在我年幼寄居乡下的时候,尽管先生曾多

一、燈馬盞

一盏马灯，一把油纸伞

次来为我看病，但我却并不知道他的姓名。我只是深深地体察、触摸到了一个词：先生。每当我遭受病痛折磨，"先生"这个字眼，就包含了只有我自己在内心里感觉到的一丝丝安全、一丝丝慰藉，仿佛叫一声"先生"，我身体的病痛就开始减轻。而每当我的祖母在吩咐人——"快去请先生"的时候，她的语气里充满了神秘，"先生"两字从祖母的嘴里发出，有着无限的端庄和敬意。

先生并不是本村人，他也不仅仅属于三里地以外他所住的村子。祖母说，先生属于方圆二十里远远近近所有的村子。在白天请先生来为我看病还好，倘若是深夜，天气又不好，祖母就不免有些犹豫——屋外风雨交加，先生还能来吗？就在祖母吩咐家人准备雨具，要背我出村去往先生家的时候，先生那特有的咳嗽声却从外面的雨幕里传进来了。

先生不爱说笑，甚至可以称得上是少言寡语。因此，他本身并没有给我留下什么特别的印记，除了他那伴和着轻度哮喘的咳嗽声，再就是他进门后的动作，总是很相似——他先把油纸伞收拢，使劲甩几下上面的水珠，把它立在门边，然后再把马灯拧灭，也同样把它放在门边，马灯和油纸伞上的雨水便慢慢地洇湿了地面。

小区诊所的大夫是个和蔼谦逊的人，我常常是一边输液，一边同他聊天。我愿意称他为"先生"，可他却摆摆手，不肯领受。他的意思是说：他没有资格让别人称其为"先生"。管医生称"先生"，那是过去年代的事了（他脸上表情似乎变得悠远了），现在方便的称谓叫"大夫"。这不仅仅是称呼的变化，更关乎着医生的情操。他说：在过去的年代学医，当你学成出徒，即将独自行医天下的时候，老师再三叮嘱的，不是徒弟的医道，他只是无言地交给徒弟两件东西：一盏马灯，一把油纸伞。

哦，我仿佛又看见了那乡间小道上慢慢移动的寂寞的灯光，我仿佛又听见夜雨打在伞面上发出的啪啪声。风雨泥泞中，那是多么温暖、多么干净的行走啊。

何谓"先生"——一盏马灯，一把油纸伞。也许还有那一声声由远而近的咳嗽声。

季 节

  越是鲜明的季节，它的转换越会使他陷入空前的焦虑、忧烦和若有所失，并勾起内心里蛰伏的伤感——时间流逝，恍如昨日，作为一个诗人他竟也无以描述这种精神怪状。它像不软不硬的阳光，在这个夏秋之交，如此不分明、不独立。既失去了皮肤上黏稠的感觉，又不能靠住北方的硬朗，他悬空了。迷茫地呆坐在树叶飘零的窗前，他感觉生命在身体里一点一点地消失，他没有什么借口抓住它，就像面前摊开的书页，那折叠的印痕里就有思绪的过渡，深留着一次会心的冲动、一次重重的思考、一瞬间的彻骨的慵倦无聊。就在岁月的不知不觉中，儿子也在一旁变得陌生了。他也在转换，嗓子在变得沙哑，情绪变得令人难以捉摸，诗人无法用准确的话语同他说话，就像不能用一个适当的温度与色泽均完美的语词表达一首诗的意思，哪怕是一个句子。

  他躺在床上失眠，这是季节转换的结果。他的身体同这种转换构成了一种完全的对应、一种恐慌、一种完全被攫取的空洞。深度失眠影响着他对事物的判断。而在失眠的绝望中，他听见墙角的风呜咽着，他的心也被这风声再次掏空，并被吹得迷迷茫茫。

凌秋白塔擎天立

照水枯荷抱月香

而看看瓦蓝的天空，云彩像洗过的一样贴在上面。他久已习惯了的浑然一体，哪怕是合围的灰色，持久得像一块家常的布匹。他需要这种可靠。他害怕不知不觉中突生出的、短暂的景象。

日复一日，房间北端凉意四起，而南窗下的光线仍带着夏季不肯退去的刺目和燥热。他在房间里来回走动，仿佛是被什么东西推动着。他不能久坐，不能深入自己和别的事物。季节的转变，使他留恋，令他期待。他说不清楚。也许，他身体里的季节在不停地推动着他匆匆向前——死亡的时刻。他的全部就是去追赶死亡，只不过自然季节的转换突现了它。

抖　颤

恐惧，像情人的眼神，空悬在身体的某个隐秘的部位无法把握，无法用意志来控制。但身体的抖颤像一个避之不及的愿望（古老的恐惧）笼罩了睡眠。床、熄灯后墙上摇曳的树影、鬼符般的光线。我依靠成人痛苦的经验，期待着它的到来。电击般的受惊（在此我想到卡夫卡，受惊几乎是他的全部生活和文学），全身一次次无法抑制的快速抖颤。噩梦撕咬斜卧的身体的曲线（蜷缩的、自我受难式的），而灵魂里的一组组画面扩大了恐惧的眼瞳——一把鲜血淋漓的刀子从羊羔的身体里猛然抽出。万丈悬崖向着倾斜大地的偷窥。脚下的石头在不为所知地松动。或是在纯洁的月光下，看见阴谋的虫子在潮湿肮脏的地表下向着生活悄悄潜行而来——恐惧涨疼了神经。抖颤发生在安详的黑夜之中，刹那间我看见善良而单薄的幼年生命——他有一颗敏感的心，细微的伤害也会被他带到梦境中来，恐惧常使他发出类似的抽搐——身体的诉讼，并因抖颤而逃离梦境。求助于当代医学是无用的，一颗与恐惧有缘的心，一种天生易于受惊的禀赋，在大地上遗传下来，在生命之间经历漫长而无声的传递，发生在无比美妙的时刻和地方。

九月谁持赏菊杯，黄花斗大客中开。
重阳何处篱边坐。风风雨雨送酒来。

几番沉醉惹颜红，为有东篱菊数丛。
乱插满头归未晚，且开笑口对西风。

——吴昌硕 《菊》二首

卧　室

黄褐色的木门上，我是说朝向卧室的那一面上挂着的那张大兔脸，我是过了好久才偶然看见的。

卧室就像一个人的心灵，注定蒙着厚厚的窗帘。在它之外依次是：居住地的其他通道，整个城市的鳞次栉比，地球和宇宙……它可以是一个规避之所，一个自我欣赏的孤岛，一个梦幻的发祥地，甚至是给你提供必要的黑暗和宁静，让你忍住瞬间涌满记忆之羞愧的那双盖住眼和脸的手。因为有床摆在这里，因为这里是许多秘密事物的源头——一个家庭，一个人的一生乃至一个国家最根本的事情都要在这里萌芽、生长和衰落。而对于一个成熟的家庭来说，"卧室"这个词的味道，显然已不似诗人伊蕾在她的《独身女人的卧室》中所表达的幽闭、暧昧和隐秘。合法的男女之情、之性在这里更为自由自足，也更加快了衰亡和枯竭的步伐。在这个空间内，床无疑是最重要的角色，它已不再是家什和工具，它是核心和根本。而据说在西方，卧室中除了床，墙上还挂着镜子和男女双方的裸照，以便使肉体的激荡更加神采飞扬——那以后，床笫之事成为一种磨砺和修炼。

我和老婆的卧室空间狭小，只够摆下一张双人床。窗子朝向阳台，如果想放些阳光进来，或者把一夜的浊气放出去，需要打开卧室和阳台上的两道窗。卧室的门朝北，是一扇很轻的木门。经年累月，开门关门都要发出吱呀的响声。那声音庸常而单调，已和开门、关门的动作完全融为一体，到了令人充耳不闻的程度。

卧室——美轮美奂的"爱巢"在一点一滴地衰朽。对于已过不惑之年的人，卧室已回归它的本意，即睡觉的地方，而且必须和另一个人合睡。如果其中另一个人突然抱着被子走出卧室的门，这个家庭或许将要面临一场灾难。也就是说，家庭对于"卧室"这个词有着权威的规定：充斥其间的，必须是两个人，而且必须是一男一女。这是硬规矩硬道理。

卧室的门推开、关上，已有多少个来回？我无法记清，但完全可以估算——除了新婚那几年进出的凌乱无度，以后的日子，进出卧室则越来越清晰和规律了。

对于卧室，我越来越熟视无睹。除了床和四周白色的墙壁之外，我不知卧室里还有什么。就像两个枕上越来越少的悄悄话，庸常的生活磨损了一切，或者说面对这样的生活，人根本没有能力保持自己。关窗子、拉窗帘、关灯这些机械的动作，每天都要在卧室上演。背靠背而眠，偶有梦的重叠——柴米油盐、孩子教育、人际关系……共同的话题也有，但没说几句，白天的疲劳带来的困意便取消了谈话的冲动。共同的手舞足蹈，莫过于半夜三更一骨碌爬起来逮蚊子了，而那种不约而同的激情表演，一年也不过两三次。更有无数迟归的夜晚，摸着黑爬上床。老婆早已熟睡，虽然是背靠着背，但这一天就算是谁也没见谁。

卧室的门在它自己的半径里来回地重复，就像是我们日常生活的一个隐喻。就是在这扇门上，有一天我躺在床上，不经意间就看见了门上方的那张大兔脸——我斜躺的目光正好与门相对，如此天长地久，但我还是不知它是什么时候跑上去的。

那是一张由发光的塑料纸画了又剪出的兔脸——逗人的一对白门牙、上翘的长胡须、可爱的大耳朵，唇齿间充满了滑稽的微笑。那双夸张、快活的兔眼看着我，仿佛在逗我发出笑声。

带着一天的疲惫、烦恼回到家里，躺在卧室的床上，我就不由自主地看见它，不由自主地感到有一丝丝快乐来到我的心上、爬到我的脸上。

我就不由自主地想到我的生辰属相：兔。一只四十岁的"老兔子"。

我没有问老婆，这是不是她的亲笔"杰作"，但我肯定这是她贴上去的。看着兔脸，我心里突然涌满一阵莫名其妙的感动——柴米油盐的老婆，她肯定是在内心深处感到了什么，或者说，她的内心并没有被这庸常的日子彻底压垮，一丝天然的心性被保存下来。还有，对于我的悄然的、不易察觉的爱……

仰躺在卧室的床上，我已很少看着天花板出神，因为，那种深陷于一种事物的青春式的深刻遐想已经失去。在寂静的黉夜，有时独自醒来，我模模糊糊，像梦醒般突然浑身打一个激灵——看看身边的这个人：正睡得香甜的这个女人是谁？我为什么同她睡在一起？而且，这一睡就是二十多年？十年修得同船渡，百年修得共枕眠。这话有点俗，但其中却含着禅意。趁着夜深人静，细细想来：两个性格、脾气完全不同的人，走进同一个卧室，日复一日地忍受单调、重复的生活打磨，睡在同一张床上，从过去睡到现在，而且还要继续睡下去，还真的非要有点神性不可。或者说，持久地躺在同一张床上的，就是两尊神。

不错，在如此庸常的卧室里，人就是神。

变　迁

　　这是一些心灵的哀鸣——这一声声或强烈或微弱的轰响，使家园的记忆变得更加脆薄，细若游丝。一列列朝向街道的老旧的墙壁，栖息着爬山虎茂密悠久的藤蔓。梦一样被驱散的蝙蝠。在这座城市从未露面的秘密的各种温馨的小昆虫。还有像老邻居们日常话语一样静若肌肤的阴凉，随着推土机钢铁爪子的疯狂摆动而轰然寂灭了。

　　那些老墙，比城市的诞生还要早——那是一些遮风挡雨的刚毅的脸和淳厚的衣衫。现在它们过时了，时代需要新的粉饰——统一的、刷着银粉带着矛尖的各种铁栅栏，它们整齐简单，透明乏味。记忆要从这里重新开始吗？人们在欢呼，一切都要新的。

一带江山如画,风物向秋潇洒。水浸碧天何处断?霁色冷光相射。蓼屿荻花洲,掩映竹篱茅舍。云际客帆高挂,烟外酒旗低亚。多少六朝兴废事,尽入渔樵闲话。怅望倚层楼,寒日无言西下。

——宋·张昪词《离亭燕》

平淡无奇

在我所生活的平原上，难得见奇崛的事物。譬如树木，常见的只有几种——柳树、槐树、杨树、榆树……它们除了偶尔活在古诗中那依依送别或怀旧的情景里，主要是活在平原上毫无波澜的风景中，它们活得让人熟视无睹。再譬如沟壑，这里河流的坡度都很小，因为它们都是远方大河的支流，流到我们这里，已经是细枝末节。浅浅的水面已经看不出流动，颜色和气息都已经是当地的了。看着它们，就像从我家居住的小区，到上班单位之间日复一日所要经过的：一辆辆汽车，红的、黄的、黑的、白的……一辆辆自行车，快的、慢的、载人的、不载人的……一栋栋楼房，高的、矮的、大的、小的……它们都是很粗略地从我身旁过来、过去，像印象派的画一样朦朦胧胧。但有一次，我经过那片不知过了多少趟的树林——是槐树林，却有一种莫名其妙的力量牵制了我。我收住脚步，仔细地端详、凝视眼前的几片槐树叶子：它们很小、很薄，上面落满了公路上溅起的尘土。正是七月天，燠热的天气笼罩着它们，空气仿佛凝滞了一样，使这几片叶子纹丝不动，像是陷入了忘我的梦幻之中。从它们身上，我突然感到了一种奇崛：就是这几片一动不动的树叶，谁敢说在它们的体内，没有藏着雷霆和一场暴风骤雨呢?!

街　道

　　空空石凳——一个默念者，一个匆匆人影中的楔子。没有缤纷的落叶诗意地靠近它，人们弃约似的从它身旁掠过——高跟鞋、平底鞋、红鞋、黑鞋、黑风衣、白风衣、大步、小步、亢奋的、猥琐的……一切都有期待，一切都飘忽、匆忙、顺从，调整步幅节奏同目的达成和谐一致。一切都是柔软的，只有它——空空石凳，固执不动。

　　迎面，一张老夫人的脸，像一块干姜。

　　街灯——一柱两盏，仿佛城市新婚的豪华装饰，在黄昏尚未到来时点亮。其中残破的一盏，像是一只因癌症割除的乳房。

　　被囚禁在人行道水泥方砖中间排列整齐的树，因水土不服发出尖叫、呻吟。绿意从被锯断的枝杈开始消退，一直退到躯干，黑黄、皲裂、奄奄一息。它们是街道装修的饰物，被从很远的森林或苗圃中挖来。它们的死亡让人恐慌和怀疑。城市苍白的历史、贫穷与霓虹闪烁的餐馆的多少没有关系。

　　一只被某位贵妇人丢弃的狗，神色慌张地寻找故主。它仰着脸询问行路人，它被一家又一家店铺的主人哄赶出来，它的焦虑传遍布满了异乡人的街道。

年轻的脸、木然的表情，在一家家单位或居民院的大门口，他们身着制服，腰系皮带，作为门卫坐在一张破旧的木头桌前萎靡不振。他们全都十八岁、二十岁，身体结实，面部有棱有角，说话声音粗壮有力。但他们无法释放他们的力量。围绕着那张桌子，有一只无形的笼子，他们要在这笼子里白白耗干他们的青春、生命。

拉着巨幅商品广告牌的宣传车队在街道上周游。在此以前的许多年，这里的街道上曾周游过两种宣传车：拉犯人游街的和欢送知识青年上山下乡的。车头上大喇叭里的声音，已由人工当场播放，换成了录音播放。音调也由高亢、严厉的喊叫，变成了亲切、和蔼的诉说，仿佛过去这条街上的人们欠着"大喇叭"什么，而现在"大喇叭"欠着大家什么。

一只黑洞洞的孤眼在冒水——下水道溢出的黑水漫溻公路。迅急的汽车掀起高高的水幕，仿佛一声傲慢的哗笑。有的人径直从水上跳过去，大多数人小心翼翼地绕开，嘴里发出低微的咒骂声。

大红匾额上醒目地写着"蜂蜜大麻花"字样——新开张的这家店前，人们排起长队，又有一种饮食新贵吊起整个街道的胃口。

在"蜂蜜大麻花"右侧的一段低矮的砖墙上，"杀活鸡"三个一米见方的大红字让人顿生寒冷。字用大排笔写就。笔画薄而锋利，似砍刀，干净利落，酷似多年前街道墙壁上法院所贴布告上的红叉。红，匪夷所思的颜色，它出现哪里，哪里要么是喜庆、

草木图

要么是死亡。

一只铁笼子里剩下最后几只公鸡，它们呆立着，等待自己的命运。

一只被剥光皮的羊被挂在路旁的树杈上。旁边，烤羊肉串木炭烟火的气味弥漫在空气中。另一只待杀的羊看着这一切，等待满足众人的口腹之欲。

歌星神经质的歌声，随着一盆洗头的脏水流向公路旁的便道，并在水泥砖缝中迂回、消失。留在地面上的，是一片片洗发膏的白沫。

最后一抹并不明亮的残阳，照射在某个单位大门口摆放的两块牌子上。左侧一块写着"一切为了方便群众"，粗壮的黑体。右侧一块上写着"严禁小商小贩入内"，结字随意，富有民间书法的趣味——一手软一手硬。

暮色、雾气、烟尘混合在一起，覆盖了街道，像一幅逐渐暗黑的画面、一个黑场。少顷，空间里已分辨不清哪是暮色、哪是雾气和烟尘。暮色，最终也将雾气和烟尘一起覆盖掉。

户　外

　　就像不能阻止花的盛开和绿草的蔓延，没有什么能束缚孩子多动的四肢和那颗渴望游戏的心（啊，游戏，那些不伤害人性，也无须考虑运用智性的纯天然运动），包括门、锁、窗、窗外的严寒和父母的训斥……屋内再好玩的一切，也不能将他们拴在屋顶的顶棚和地板之间，仿佛他们必须来到天地之间，来到寒风的吹刮之中，虽然他们很少看天，也察觉不到寒冷的存在。一阵阵疯跑和喧哗的声音，来自楼房之间并排斥着楼房的巨大冰块，这些声音的暖流不被我们察觉，我们很少注意它给整个院子带来的活力。在傍晚，它是和院外公路上一阵阵汽车的噪声混在一起的。随着夜深，汽车的声音越来越少，只剩下孩子们的嬉闹之声，独自刻画着高天寒星的清冷。我很少专注这样的声音，其实它就在我的窗外、在窗台下。在月光和坚硬的寒风共同组成的类似冰面的感觉上，他们的声音无所顾忌。我不用起身，凭着那不间断地从冒着热气的嘴里发出的稚嫩、尖削的声音，我就看见了他们的动作。是的，孩子们沉浸在动作之中：几个男孩子在不停地围着楼房奔跑、追逐，目的就是奔跑、追逐。几个女孩子在路灯下玩别业居幽处,到来生隐心。
南山当户牖,沣水映园林。
竹覆经冬雪,庭昏未夕阴。
寥寥人境外,闲坐听春禽。
——祖咏《苏氏别业》

跳房子——这是男孩子不屑于玩的。他们的脚、手、嘴在不停地发出声音。他们的内衣已经被汗水湿透（在我儿时，这是理所应当的，就凭这身汗，就应该得到父母的奖赏），喘息之声在空旷的夜空下起伏。我仿佛看见了那些幼小心脏怦怦地跳动，应和着夜空的星群，渐渐地，我不能不起身俯瞰窗外，不能不多看一眼这些天地之间的孩子，他们是怎样游戏、长大，又回到室内。

金　色

那是一个多么普通、庸常的午后。

阴霾在黄昏来临之前被一扫而空，天空清澄着深秋的碧蓝和高迈。

我伫立在大路旁。披满大街的明亮而热烈的金色夕晖让我晕眩，我惊呆了，仿佛整个街道都是金子铸成的。

金色照耀着穿梭的汽车，骑自行车的人只顾埋首骑车，他们都怀揣着或高远或卑微的目标，像勤劳的蚂蚁在奔波，并没有在意这温暖的金色已披满他们的双肩和路途。

博大宽厚、带着温暖怜悯的金色悄悄地覆盖在每一个人身上。它不企图唤醒人们对于它的凝视，它在不知不觉中让杂乱的世界获得了宁静。芸芸众生在这金色的光辉里都属于永恒。

过去的日子是不朽的，尽管它平凡无比。只要拥有自己的生活，就配拥有这金色。但没有人能察觉我激动不已的内心——它只是一瞬，就像这披满大街的金色夕晖旋即消失在夜色之中。

阶前黄叶堆欲满，湖上白云闲自来。
千里秋风悲断雁，两峰寒日忆登台。
未能明月同移棹，想见黄花独举杯。
吟遍长松千万树，南屏落日寺门开。
——明·明秀诗《怀孙太白山人》

五茸城外月，不见十年余。
顾我曾游地，因君得寄书。
津亭然夜火，江市鲙鲈鱼。
若见秋田父，还劳问起居。
——明·明秀诗《送陈墨山还吴淞兼谏胡秋田》

陽山江漢湖之一葉
閒行未千里秋
風吹動雁南峰
白雲繚繞蒼
未能明日同歸
棹去已黃花
獨舉杯吟通長
松千山萬特南
屏蔽日十丰門開

小　调

小调是哼出来的，有着院子里那一小片池水的蔚蓝色。它的轻松自得在不经意间流露出内心的热烈，像燥热中一阵凉爽的微风——它在街道嘈杂的车声、人声里时隐时现（终于没有被吞没），一路逶迤而来，从楼房之间窄窄的夹缝一直飘到楼门口。现在，它顺着楼梯轻快地上来了。我的邻居，一个太阳能热水器推销员，一个下班后爱在楼下摆弄自行车的人，小调没有具体的词，它的音调有着随意的仿制和无意识的即兴发挥，甚至是那些与他欢快的心情相反的旧歌旧调——沉重的、悲戚的……也被小调改造成了性质完全不同的颜色：洋溢、温暖、充满信心。他上来了，小调还将他掏钥匙的声音感染得分外清脆、明亮。有小调的飘入，我的邻居家将会迎来一个愉快的夜晚——没有柴米油盐的争吵、没有夫妻间为孩子上不了好学校而引发的相互责骂、没有指责对方没有本事的羞辱、没有摔东西的啪啪声、没有哭声（作为邻居，我已习惯了这样的声音）……啊，美妙的小调，它比歌唱更自然、来自身体的更深处。它也许源自今天的好天气——阳光明媚，绿草如茵，源自一次激烈的讨价还价后成功的推销，源自营销业绩表上红箭头的快速上升,源自朋友一句深情的鼓励,源自竞争对手和解的眼神,抑或是源自一次内心隐秘的自我陶醉……我听着,一直听着,直到邻居把打开的门重又轻轻关上。不知为什么,我的眼里竟噙了泪水,因为,我仿佛听到了来自生活深处的平民式的顽强,以及对于生存下去的乐观和热忱。

近在咫尺的阳光

一栋十五层高的大楼，蛮横地挡住了阳光。在大楼的背面，一大片浓厚的阴影死死地抓住地面，仿佛是那栋楼强行画出的属于自己的领地，再强烈的阳光也只是远远地站着、眼睁睁地看着，奈何不得。

冬天，那阴影里堆着厚厚的积雪，落满灰尘的雪堆板结在一起，结成一层厚厚的冰。即便是在温暖的天气里，随便望它一眼，也感觉冬天变得加倍寒冷。到了春天，那些雪冰要拖到很晚才会融化。蝶絮飞舞、将要脱去冬装之时，仿佛那里还有它们的影子。

每当我走过那里，我都要多看几眼生活在那浓重阴影里的几棵木槿树——那几棵树在春天的召唤里迟迟不见动静。要等到阳光里的树芽发得很长很大，再也没有什么力量能把它们拽回去的时候，那几棵木槿树才会努力地睁开眼睛。

木槿树枝上的绿芽很小、很弱，但还是钻出来了……我仿佛听到了那新芽儿努力钻出时所发出的竭尽全力的声音。

在阴影里发芽、在阴影里落叶、在阴影里做温暖的梦——它们梦着咫尺之遥的阳光，咫尺之遥的阳光也梦着它们。

行　走

独自行走的时候，最少关注的是行走本身。你只知道，你正在从一个地点到另一个地点去。

泥泞中走路，低头看着自己的双脚，一只怎样抬起，另一只怎样跟上来，你走得小心翼翼。每一步都在摸索，每一步都是对自己精神力量和平衡能力的阅读。你是被迫的，你不能停下来，停下来的事都怨自己。你要从一个地点到另一个地点去。你毫无办法停止这种阅读。

走得顺畅的时候，你就有了一份闲心看天看四周的风景。你不会走得太快，你被什么东西所吸引。这时的行走变得不太单纯了，你要从行走中获得点什么。行走对你已不再重要了，你忘了是在行走，你关心的和正在被看到的，远比行走更有趣。

只有走没有被指引的陌生路，你才觉得行走是一件多么严重的事。你忐忑不安，每一步都充满了不信任。这时行走变得深刻起来，你变得能够体察了，你已不在乎路本身是好是坏。

漫无目的地行走才是真正的行走——而真正的行走，是你从没想到"路"这个概念。路就是迈开双腿，路就是一些直线或曲线，没有所谓路，哪里都是路。

没有所谓到达。

世有伯乐，然后有千里马。千里马常有，而伯乐不常。故虽有名马，只辱于奴隶人之手，骈死于槽枥之间，不以千里称也。

马之千里者，一食或尽粟一石。食马者不知其能千里而食也。是马也，虽有千里之能，食不饱，力不足，才美不见外，且欲与常马等不可得，安求其能千里也？

策之不以其道，食之不能尽其材，鸣之而不能通其意，执策而临之，曰："天下无马！"呜呼！其真无马邪？其真不知马也！
——韩愈《马说》

世有伯樂然後有千里馬千里馬
常有而伯樂不常有故雖有名馬祇
辱於奴隸人之手駢死於槽櫪之間不以
千里稱也馬之千里者一食或盡粟一石
食馬者不知其千里而食也是馬也雖有
千里之能食不飽力不足才美不見外且

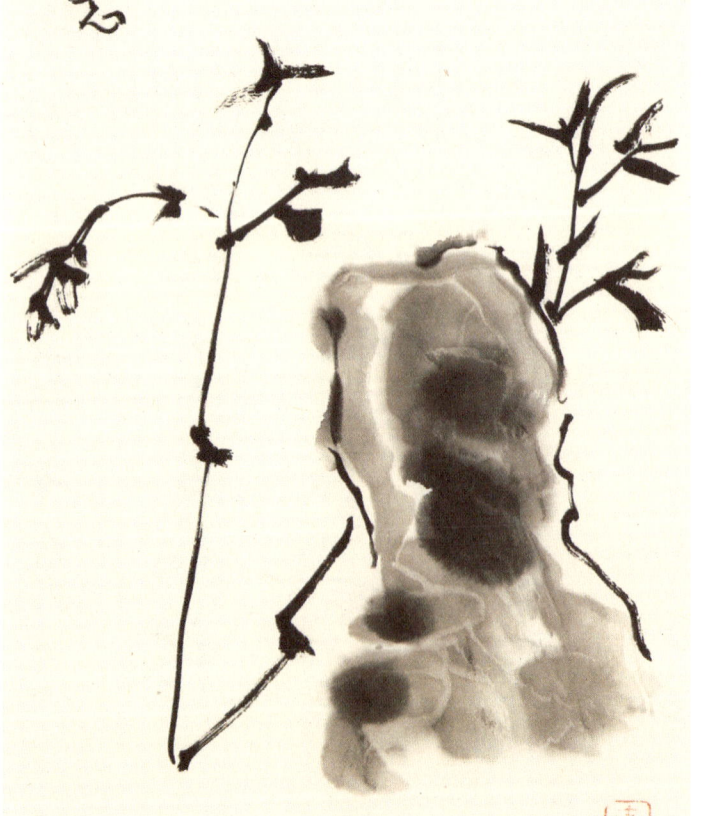

如君寥寥似晨星,相见时当清露零。
赠我修篁何限意,两杆秋节一窗青。

——竹石图

动　物

　　动物不能像人一样，能运用美丽而清晰的语言表达自己的内心，但这不能说动物没有自己的内心。也许恰恰相反，动物的内心有着人所不能比拟的浩繁和隐秘，它因此而不能借助准确、生动而清晰的语言来传达。它更多的是靠一些动作，一些眼神，一次次无限丰富而简单的鸣叫，一次次没有消息的离去或永不离开半步的厮守，来表达它们的愿望和命运。它们因此而同大地的本质紧密相连，或者是同大地一样，从不靠语言。我们用所理解的语言来完成自己，这是否是人要学习的根本所在？而这一切又必然以沉默作为代价。

　　狗

　　在我们的居住里，在我们民族以往的岁月中，狗是一个伦理误解的总和符号。而整整一百年前，在生活在美洲的基奥瓦人那里，狗却是整整一个民族的战士。狗唱着出征战士的歌，狗率领着队伍，狗可以对基奥瓦人说：你身边是一条狗，发出像狗叫的声音，唱起一支狗的歌谣。有些狗没有名字，有些有名字，它们过着自己的生活。基奥瓦人有时不注意它们，但看见它们走掉的时候，他们就会涌起像部落的沧桑历史一样忧伤的心情，像失去一位真正的朋友。

杀　生

杀生已不再需要仪式，杀生的仪式感也在琐碎的日常生活中湮灭无存。在街巷、市场上，人们谈论着买卖价格，说笑着家长里短的同时，手麻利地剥夺动物的生命，那种随便、从容，就仿佛是抬头低头、举手投足一样自然协调——顺手从笼子里抓出一只鸡、一只野鸭、一只兔子……当着它们同类的面一刀毙命。没有立刻咽气的，在地上翻滚挣扎。我看见，笼子里还没有轮到自己的同类，眼睛里涨满惊恐，一阵骚乱，嘴里发出低低的类似哀求的声音，身体在躲避着，往一块儿挤，仿佛这样就能躲过一死。

我由此想到人类被屠杀的场景，也是这样。

剖裂玄微
昭廓心境
——《华严经》疏文

风　声

　　谁还在像一个丢失者一样竖起耳朵，在风声里寻找？

　　那起自大地的风声，从北方的旷野上吹来，穿过天井里的老榆树树梢，穿过土坯墙和屋顶上的枯草，带来冬天的寒冷，并把它细细地送到我的属于春天的梦境中。安详、干净，仿佛长者搂在怀里的絮语，在讲述一个偏远少年内心的渴望。而那起自一条条电线上的风声，在阴沉的雨天里，嗖嗖地吹着凌厉的呼哨，放浪、孤傲、倔强的旋律给我的青年时代带来延伸到远方的不安，那上面瑟缩的麻雀，像是悲悼者，淋湿的羽毛被风吹得炸开，眼睛里的风声迷茫、无所依。在大海边上，在朋友们朗诵完各自的诗歌之后，码头上的灯火渐次熄灭，漆黑的巨大的海面上，只有风声——倾诉的、粗狂的、寂寥的，仿佛亘古不变的时间的刻刀，在雕刻一个巨大的海的寂寞和虚无。

　　风声，那细细翻动我的旧身体的风声，那无影无形的风声，询问我、唤醒我——残破的睡眠和残存的激情。它悄悄告诉我，我并没有丢失什么,只是在丢失着,一点一点地失去。万籁俱寂中,唯有风声活着,简单地唤醒一切。

风烟俱净,天山共色。从流飘荡,任意东西。自富阳至桐庐,一百许里,奇山异水,天下独绝。水皆缥碧,千丈见底。游鱼细石,直视无碍。急湍甚箭,猛浪若奔。夹岸高山,皆生寒树,负势竞上,互相轩邈,争高直指,千百成峰。泉水激石,泠泠作响;好鸟相鸣,嘤嘤成韵。蝉则千转不穷,猿则百叫无绝。鸢飞戾天者,望峰息心;经纶世务者,窥谷忘反。横柯上蔽,在昼犹昏;疏条交映,有时见日。

——吴均《与朱元思书》

时　代

在时代拉满的弓弦上,你可以体验一支箭蓄势待发的阵阵激动,但别以为借此就能准确地感受它的质量和深度——它像一个人,也许只有到了垂暮之年才能知道它的青春。从一个时代进入到另一个时代之后,才能看清留在人精神上的痕迹,才能证实那已逝去时代的存在是否深刻和真正生命的寿限,就像老屋墙上深黑的苔,不是一两场雨水就能造就。时间的请求就是如此沉着,只有它才是不容置疑的和最终的。但时间本身始终缄默不语,像一个开明的裁决者,它让我们说话并产生判断。

敕:国储为天下之本,师导乃元良之教。将以本固,必由教先,非求忠贤,何以审谕?光禄大夫行吏部尚书充礼仪使上柱国鲁郡开国公颜真卿,立德践行,当四科之首;懿文硕学,为百氏之宗。忠谠谠于臣节,贞规存乎士范。述职中外,服劳社稷,静专由其直方,动用谓之懸解。山公启事,叔孙制礼,光我王度,清彼品流。惟是一有,实贞万国,力乃稽古,则思其人。况太后崇徽,外家联属,顾先勋旧,方睦亲贤。俾其调护,以全羽翼,一王之制,咨尔兼之。可太子少师,依前充礼仪使,散官勋封如故。
——意临颜真卿《告身帖》

勅國儲為天下之本師導乃元良之教將以本
固必由教先非求中賢何以審諭光祿大夫行吏
部尚書充禮儀使上柱國魯郡開國公顏真卿立
德踐行當四科之首懿文碩學為百氏之宗忠讜繁
于臣節貞規存乎士範述職中外服勞社稷靜專由
其直方勤用謂之懸解山公啓事清彼品流州擇制禮
光我王度惟是一有實貞萬國刀乃稽古則思其人況太
后崇徽外家聯屬顧先勳舊方睦親賢俾具調護
以全羽翼一王之制咨尔薰之可太子少師依前充禮儀
使散官勳封如故

长　度

　　不知为什么，当我看见一个方向——一条通往远方的路（随便什么路，水泥的，泥土的，笔直的，弯曲的……），都会使我产生一种幻觉：感觉那些从这条路上走向远方去的人，一定不会回来了，而且将永远走下去，直至生命熄灭。于是，这条路就从现实世界里获得了一种抽象，一种象征——生命的长度。

　　走在路上的人们，随身携带着生命的必需品——水、粮食，还有灵魂。这些事物的长度将是与生命并行的长度。精神与灵魂的长度将因生命的不同质量而参差不齐。有的灵魂陪伴生命走不了多远就停下来了，像汗水一样被蒸发掉了，那些继续行走的生命一定是一些空壳，看上去好好的，但已毫无生命的魅力。而另一些灵魂在行走的生命停止以后，将继续在路上行走，它无姓无名，开阔而弥漫。有另外一些生命前去询问它、企图认领它，而它已不再属于其他的生命，但它能像空气一样，给其他生命以滋养和启迪。

谁能将平静坚持到最后

处在平静中的生活,像一汪乡村的池塘,温柔的阳光黄金一样憩泊,恬然的鱼儿游在淡淡的白云里。

然而,这种平静还存在吗?它消失多久了?为什么连消失也这样安详平静、自然而然?

的确,平静正从我们的心里被风一点一点地吹去。

千年万年的平静从此消失。哪方天空没有雷声、现代飞行器的轰鸣、占领和废墟?哪方山野没有人的脚步、践踏和剥夺?埋藏最深的宝贝也休想安睡,最高的鸟巢也感到岌岌可危。当大自然交出了最后一份平静,它还能交出什么?

千年万年凝固在我们内心的平静从此消失。生存的竞争使淡泊的心涌满潮水。利益的冲突,变善良为凶狠、变宽厚为刻薄。蝇头小利者的夜晚没有星星和月亮的温馨。人变得暴躁不安,最平凡的爱情也使人不得安生,欲言又止、欲罢不能。生存使爱情也像是一种灾害的预兆。

谁能逃脱?谁能将平静坚持到最后?

東東嘉用
嘉道麻
道遇未

臨散氏盤
銘文庚寅
冬石雪松

选临《散氏盘》单字,无句意。

一个躁动不安的时代，它生气勃勃充满五彩缤纷的欲望，它因此险象环生。还有消闲者、局外人吗？他们沉溺于混沌，以"平静"掩盖懒惰。他们的心被尘垢封住，而对时代失去了感受力。

他们还在"平静"中，而我们给予赞美还是鄙夷不屑？过一种自在平静的无欲无求的日子，并依此取得关注精神的契机，是可能的吗？

过一种动荡的充满奔波争斗的日子，而不以丧失灵魂和灵魂中的平静为代价，是可能的吗？

把　手

　　把手，是你掠过巨大事物时拯救自己的唯一凭借，具有稳定性和直接性。同时，对于人具有不加选择的平等性质。

　　事物就如同一个巨大恢宏的梦境一样，一下子就占据了你。但并非与你契合，它自视高傲地摆在你的面前。它的巨大经常表现为氤氲不清或漫无边际，以天地为界，似浩荡的大风、山脉与河流的历史。

　　你想吞没它吗？你想包容它吗？你想谈论并说出它吗？你感到了它的巨大，你的欢欣和冲动是由它引发的，这就注定了你的内心愿望将毁掉你赖以存在的行动指南，你会立刻扑上去，但却什么都不曾认识和把握……

　　这时，把手的闪现是智慧与真诚的启悟。它微妙地使你获得一个暗示。它一下子就规范了你的狂想和仓促的举动——是它抓住了你，拯救了你。它使你必须用一座山的力量和气魄，去认真对待一个如银色针尖那么大的机缘。

　　对于一场大风，一颗沙粒就是把手；对于一条河，一滴水就是把手；对于天空，一只飞过的小鸟就是把手；对于大地，一块死去的骨头就是把手。

对于灵魂,你,就是一个把手。

面朝大海
春暖花开
——海子诗句

词　语

　　谁能指出这些词语？不，这些慨叹的灵魂的色泽、温度、指向……它们那长满青苔时光的喃喃自语还和谁有关：斧钺、枷、拶指、殉坑、陶甄、夔龙纹青铜鼎、刀币、陶俑、付兽形悬钟、绳纹瓦、白臼、编钟、竹简、铭文、石纺锤、记名砖、画像石、夜光璧、乘云绣、水纹绫、刻花金碗、鎏金银盘、砚池、漆案、细瓷瓶……

静对古书寻乐趣
闲观云物会天机
——静对闲观联

夜的中心

我坐在寂寥的夜色之中，水泥阳台的围栏是潮湿的。除此之外，夜色里闻不到花香，没有人会醒着从阳台下走过。星星舔着我的脸，天籁从汗毛孔中慢慢渗进身体里——夜色是谁的意志？谁是夜色的中心？

现在我独自醒着坐在夜色里。白天里高大的建筑因为熄灭了灯光而不再高大，最低矮的事物获得了平等的机会——不分先后、没有主次、说不清一切的来龙去脉。我现在真正是我自己，我的情绪只在心中翻卷如狂潮，想说的话在心中，在心中浓浓地乱。

我觉得此刻整个世界只有我一个人独自坐在夜的阳台上。我的心跳无比清晰而旷远。除了我，甚至连我遥想的你也已睡去，在梦中梦到做梦的我，可我醒在夜色中。

我不知道我为什么醒在夜色中。身体以外的都熄灭了，我只有在这时才成为一个中心——夜的中心。全部的黑暗源于我自身，这种黑暗属于我，每个人都有只属于自己的黑暗。

我甚至怀疑这不是自然的夜色，而源于我的终归于我。在夜色里醒比在白昼里醒容易得多、舒适得多，也激烈得多。因此，我在

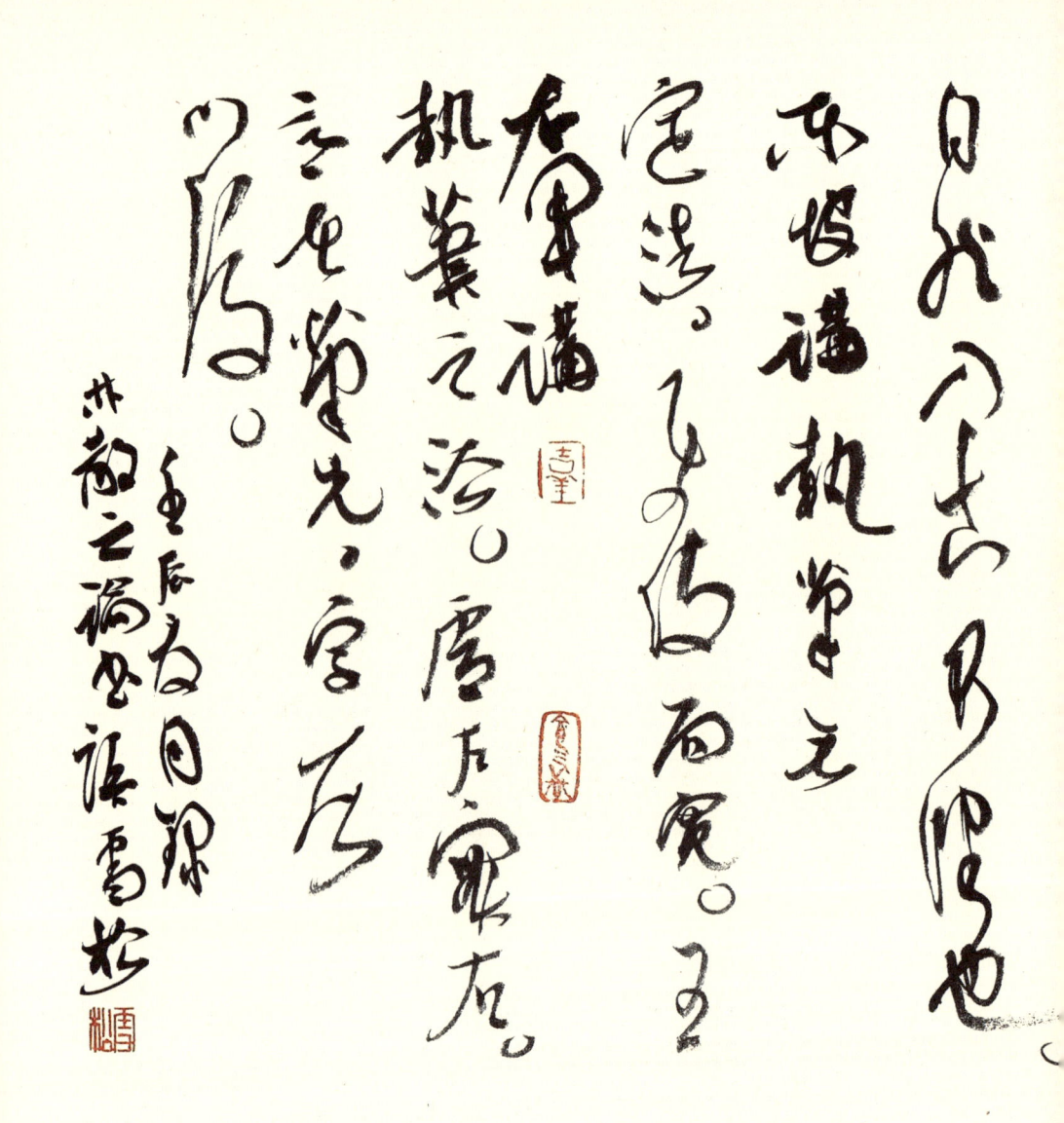

夜色里独自经历过的真实，只有繁星的眼涉猎，而繁星不会说。

在夜色里主宰自己，我能覆盖整个宇宙，我的思绪能遍布过去与未来的全部时空。

在夜色中，我看到我身体放射的黑暗的光芒——把所有的白昼抹去，然后重返自身。

宜学六朝碑版，继学二王，再进入汉魏，其气自古不俗。

草书宜学大王《十七帖》精印本；行书宜学僧怀仁《集圣教序》，有步可循，自然入古不俗矣。东坡讲执笔无定法，要使虚而宽。王右军讲执笔之法，虚左实右，意在笔先，字居心后。

——林散之论书语

凡·高

文森特，你这荷兰的疯子，你这全世界全人类精神里洋溢的疯狂的首领，我现在读你，在二十世纪九十年代酷夏的夜晚，这个夏季也像是疯了一样。

文森特，让我们深入地交谈。我知道，任何的宁静都安慰不了你，你的躁动不安和恍惚游离，全部来源于创造的痛苦与欢乐。

文森特，时代只记住那些合乎那个时代价值观念和规范的人。你的杰出，首先来自对时代的反动。你超出了，你孤独了，你孑然一身在一座山之巅峰。你的孤傲因为接近着天空无限的自由而远离着绝望。

文森特，我需要你鲜明的尖锐的色彩、旋转的突然发作的天空、燃烧的向日葵。需要你首先不是为了谁的承认的超拔不群的勇气。需要你来自生命内部的由热爱和个性所激发的创造力。需要你原本就应该是这样的生命。

文森特，你最终开枪自杀——那声枪响，将一代一代地传遍宇宙时空，并由一代一代杰出的人物传下去。只有这样纯粹无比的声音、旋律和质地，导引着人类，突破现在，抵达未来。

风急天高猿啸哀,渚清沙白鸟飞回。
无边落木萧萧下,不尽长江滚滚来。
万里悲秋常作客,百年多病独登台。
艰难苦恨繁霜鬓,潦倒新停浊酒杯。
——杜甫《登高》

卡洛琳·巴尔大妈及其他

黑人。佣人。然而，她同福克纳一家的关系"从来不是主仆之间的关系"。为了这个家庭，"她献出了半个世纪的忠诚与热爱"，她赢得了"一家人的感激与热爱"。当她去世的时候，"也赢得了热爱她、失去她的异族人的哀悼与痛苦"。

这是威廉·福克纳在他一家人半个世纪的忠诚朋友——他家的黑人女佣卡洛琳·巴尔大妈葬仪上的演说词中所叙述的。当他站在巴尔大妈的墓穴前，把手中纯洁的花束放在巴尔的棺木上，他心中的哀伤只能让他说出这些朴素的心语。他怀着这样崇敬与热爱的痛苦之情为一个人送葬，这在一个人的一生中不会经历太多。而这位被哀悼者，是黑人、女佣。

我常想，这一幕在有些人看来是不可思议的、虚假的。佣人与所敬爱的人不可能是一个人。

我常想，仆人与主人之间，要么是默默的悲哀的忍受，要么是血淋淋的反抗——地位的不平等，是否可以带来人格与情感的平等？

我常想，那些没有文化的处于受奴役状态的黑人，他们跟随主人一生，把自己全部的忧虑与哀伤，甚至把主人的忧虑与哀伤全部接纳下来，在他们身上所闪现出的忠诚的人格光辉，如何使那些高贵的人们反而显得平庸与下贱了呢？！

我还常常想，我们都在竭力赢得别人的感激与热爱，赢得尊严、金钱、权力、名誉，为此甚至不惜使用暴力。在这方面，巴尔大妈没有任何可以指望的手段和奢望之心。

我们向来把别人"奉献忠诚与热爱"视为愚蠢和下贱，视为平庸和无能。

处在同一地位上的人，因为缺少了这些忠诚与热爱的品性，而变得不同了，而变得真正是下贱的人。

"她曾诞生、生活与侍奉"，她理应到天堂里去。

应该学习这些品性，并使之贯穿一生，因为这不是压迫出来的，也不是可以任意奉送与获得的。

落叶之美

  我沉默。我沉默,我甘愿
重新属于你,我的大地!

——阿赫玛托娃

  在郊外一个深秋的午后,我长久地徘徊在一片又一片森林的落叶之中,不知不觉地踱着步子。以往这些脚步是多么匆忙,火急火燎。现在,它变得安闲,有几分犹豫。引领我的思绪漂泊不定,远远地把我自己抛在后面了。

  落叶刹那间离开枝头,金色的孩子
  发出细微的号叫
  梦的收集者——款款的回忆
  忧郁跟随到天涯

  那是怎样窸窣、悄然、空落落的声音啊!一阵冷飕飕的微风吹过,一片、两片、三片……宿命的告别簌簌然发生了(落叶之秋,待春天来临的时候，它们仍将作为小小的旗帜呼喊出生命的勃发。但现在，我相信那是相同的一片，就是那一片）。它有些不情愿，迟疑的脚步慢慢地越过开始僵冷的枝条，向仍在坚持的同样无言的伙伴挥挥手，然后孤寂无声地跌落在地面上。

像奠悼一样在风中翻滚着。

我踩着柔软的小径。空气中弥漫着秋天特有的清冽芳香。头顶上，"树叶飞舞，宛如小笔记本的散乱纸页"（阿赫玛托娃），那一页页记载着生命所曾有的梦、风雨和欢乐。啊，欢乐！那是动人的落叶赐予无忧无虑的少年时代的珍宝。在秋阳朗照的金黄的河畔，它一枚枚散落在尚未完全枯萎的草坡上。我和小伙伴背着竹筐，手拿磨尖的铁丝，几乎是舞蹈着将它们成串地穿起来，然后捋进竹筐。在挺拔的白杨树下，我们伸出双手将飘飘摇摇的杨叶迎在半空中，一会儿就能抓一把，那手上的感觉是多年以后才找到的——作为一个异乡求生的人接到故园信札时的感觉。而那时却常常做些空中飞翔的梦——乘着树叶，从一棵树飞向另一棵树，从一种树飞向另一种树，从一片天空飞向更大的一片，最后落在村庄古旧的老屋上。为了捉迷藏把满满一筐落叶盖在身上、脸上。迷醉中阳光透过金黄的叶子，变成了柔和的红色，而没有枯皱的叶脉，凸显得像一根根曲折的血管一样，即便枯干得一点绿意也不剩，血管依然清晰可见。

在回家的路上，拣一张最大、最完整、最好看的叶子拿在手上，不时地凑在鼻上闻一闻，空气中隐隐绵延的香气属于木质、属于田

园、属于故乡袅袅上升的缕缕炊烟。

一些朋友向南走了，另一些向北
不顺路捎上什么。这里多的是风沙
还踩着梧桐叶和杨叶

到了该告别什么的年龄。在不同的纸页、散发着不同气息的书籍里，我读到不同的落叶——落叶中俄罗斯带来了茫茫雪原的辽阔和精神的深邃，那忧郁的歌声是用片片白桦树叶吹奏出来的。北欧的落叶却有着惊人的羞涩和内心的狂舞。而中国的落叶从诗人的诗词歌赋中飘落、凋零，寄寓着对生命的敏感和人世的凄凉愁绪，还有就是对人生哲理的咏叹。

但哪一种落叶是属于我自己的呢？

落叶之美

要完美地体验落叶,就必须从繁杂的人世俗务中抽身,拥有属于自己的孤独时刻(内心的孤独从未离开过手与手的频繁相握和推杯换盏之间。而诗人普珉说:一叶浮茶,送你回家)。落叶轻轻地拍打着肩膀,似要倾诉什么——生命凋谢的哀伤?枝繁叶茂的回忆?还有对大地情怀的向往、顺从、皈依?无言的巨大,不是人人和每时每刻都能感知的。

在一本久未翻看、几乎被遗忘在书架一角的《古代汉语》中,夹藏着一枚完整妥帖的枫叶,它使我立即停止了搬家的杂乱,心一下子凝聚起来——我久久地端详着它,企图记忆和检索它的来龙去脉。它的叶柄自然弯曲,叶边的轮廓还是那样尖峭分明,干枯的叶面残存着星星血红——它来自霜降的秋后或初冬。那是一只少女的纤纤素手,怅然若失地漫步于"霜叶红于二月花"的枫林中,回忆友情或爱情。她选择了心血一样的枫叶作为纪念，她原本就是想用多年之后的追忆，弥补今日难言的遗憾和苦涩。或许她什么也没想，只是感觉它美，顺手摘下夹在书中，忘记在书中了……

可是，我却并不拥有这一切。我只是拥有《古代汉语》这本书，至于它的来路，我已忘却了。

但我惊叹这枚枫叶本身，它把遐想和足以让人珍藏的情感一下子还给了庸碌的我。

我曾建议一位喜爱收藏的人去收藏各种各样的落叶，因为他有钱，能跑许多地方。他用否定回绝了我的建议，因为他觉得不值。收藏树叶既不能给他带来现实的利益，也不能使他成为让人垂涎的收藏家。他鄙视这种带有青春色彩的情调。我想他也许是对的，青春已不再，青春只剩下肉体，谁还会去珍视一枚落叶以及伴随着它的精神存在呢？！更何况在城市里已难找到纯净的落叶，尘土、噪声的覆盖已使它们成为街道上流浪的弃儿，被环卫工人咒骂着扫起来，抛入铁皮垃圾箱。

薄暮时分的寒冷降临，落叶的速度越来越快，地上铺了厚厚一层，杨叶、柳叶、槐叶，还有顺着溪水流淌而来的彤红的枫叶。秋日舒缓的大地无言地接纳它们。静谧、深沉的气息使我也像变成了一枚落叶，从高耸的树梢上慢慢飘落。我仿佛听到落叶在触到地面时所发出的类似远方归人的说话声，而大地已点亮温暖的灯盏。

我不是一枚落叶，我从冰凉的溪水里捞起一枚小舟似的红枫叶，重新回到城市的树上。

柏林禅寺

一

风雨一夜。

古佛庵的黎明是在一阵阵鸟鸣声中莅临的。准确地说，是禅院中鸟语的声浪，将我从安稳、沉实的睡梦中唤醒。

我眨巴着眼睛躺在床上，没有立即起身。我专注地听着、欣赏着窗外久违的音乐：清丽的、婉转的、悠扬的，长音、短音、高音、低音，它们汇聚在一起，并一起用力，把柏林禅寺的早晨演奏得一片灿烂和安详。

多久没有听到这来自自然生命清纯的声音庆典了。这原本属于早晨特有的清新何时远离了我们的生活，而代之以机器沉闷的轰鸣、繁杂的汽车喇叭声。它甚至退出了小学生作文中关于早晨的描写。在我所生活的城市的楼房间，在坚硬的钢筋水泥中，只有长时间伫望，才能偶尔看见一两只飞鸟孤单地划过，甚至连北方最常见的褐灰色的麻雀，也只是偶然落在我的窗前，总像是来做最后的告别。没有了鸟鸣的滋润，没有了撩动心尖的点点滴滴的声韵，我的心变得像秋后的老树皮一样，异常地干燥、迟钝和麻木。

鸟，朋友一样一个个消失了，杳无音讯，它们都去了哪里？人类的残暴无时无刻不发生在这些无辜的生命身上——或者被端上了餐桌，或者被关入各式各样精致的鸟笼，或者在无所不在的毒药里香消玉殒……而此时此刻，它们的一部分，哪怕是最微小的一部分，幸运地栖落在柏林禅寺——这佛家洁净之地。仁慈的德行庇佑着这些可怜的、小小的生命精灵。鸟的心灵是有知的，所以，它们才用尽了所有的力气和才华，把最美妙的歌声献给柏林禅寺一个又一个早晨。

我就这样躺着、听着、想着，一滴热泪悄悄滚落在柏林禅寺安详的晨光中。

二

一切都清晰、安详。柏林禅寺的鸟鸣，同僧人们的念经声融为一体，而不清晰的依然是我的此生。当鸟鸣从老柏树悠远的理性中传来，我想：这悠扬的鸟鸣也许并不缺少，它每天都在发生，它是我们生活的一部分——而缺少的，是我们用心去聆听和破译。当我们只关注自己的内心，它方寸之间的欢乐与痛苦、黑暗与光明，我们就失去了聆听的能力。想想吧！鸟儿用它纯真的声音访问我们，我们心灵的庭院却空空如也——没有迎候、守望，更无促膝交谈。而在柏林禅寺栖居的日子里，这里的宁静和佛塔高耸的心灵，让我开始部分地恢复倾听的能力，而不至于使它在我的生命里彻底失传。

三

当我端庄无声地坐在餐厅的木凳上准备"过堂"（佛家语，意即用餐），我开始忐忑不安起来，不知为什么，我生平第一次对吃饭充满了敬畏和紧张。我吃过家常便饭，也吃过南北大餐，川菜、鲁菜、粤菜——那种种快意、从容和不假思索，那种种细嚼慢咽、大口饕餮……一切的应该、方便和物有所值，此刻都湮灭了。"过堂"的气氛，让我猛然看见蔬菜和米饭的纯洁。我仿佛听见佛在向我提问：什么是吃饭？

我无法领悟，也许不仅因为我不会念经，不仅因为我与生命基本的要义疏离得太久，不仅……然而，机缘又在哪里呢？

我就这样端坐着。正当我在顿悟之门前犹豫、苦恼（忧愁是多么可笑和无用啊！）之时，我忽然细致而真切地听见了灵感似的鸟鸣声从窗外传来——它们来自禅房深红色的屋檐下，那里有它们经久的巢，有归来的父母，有等待哺育的婴儿，有世世代代的繁衍，有土陶瓦片不灭的光辉。那些鸟鸣像一道光明，骤然亮透我的全身。在鸟儿们那些委婉的倾诉中，我仿佛听见佛在其中说：让天下所有的生命都有饭吃。

我不懂书上的经文，但在那一刻，我却开始学会用心祈祷——我的碗里多了几颗透明的粮食。

柏林禅寺的鸟，让我学会知道：什么是吃饭。

四

金黄色的夕照，映现在柏林禅寺砖红色的墙壁上，均匀、安静、温暖。夕照中，古佛庵院中的小花园像一种恩情——木槿的恩情，冬青的恩情，龙爪槐的恩情，还有沐浴在落日恩情中的鸟。我坐在花园旁的石凳上，不想别的，只是满怀感恩地同栖息在这里的鸟做着内心的交流。麻雀、灰喜鹊、红嘴鸟……有的在树间蹦跳，有的在园中小径上徜徉，有的在交颈鸣唱。有的安静，有的欢娱。每到傍晚，鸟儿们从寺院的各个角落聚集到这里来"上殿""做功课"。从隋唐，一直到现在、到未来、到来世。然而，我还是独独就看到了一只神情有些忧郁的鸟，它从花园的树上飞到院墙上，长久地痴望着远处的天空。它仿佛在犹豫不决：柏林禅寺的安恬和仁慈让它留恋，而远方的牵挂又使它欲振翅而去——"尘世"未曾了断，它最终还是孤独地飞走了，从我的视线中消失，像一位默默跋涉的行脚僧。

五

同宿柏林禅寺的一位居士朋友说：我们每一个人都是潜在的佛教徒。他问我既已心仪佛禅，要不要做一个皈依的仪式。而我一向认真于自己的信仰：若尚不能做到，也绝不辱没。走出柏林禅寺，回望在老柏树上起落的飞鸟，我忽然感觉，自己就是一只飞鸟，一只曾在柏林禅寺的佛光中栖息过的飞鸟，曾凌乱地飞来，现在，变得有些清晰地飞回尘世，带着并传达在这里感染的一丝丝宽容、理解和对于生命的感动。

得好友来如对月
有奇书读胜看花
——得好有奇联

底 色

一

　　寒战着庭院里高高的铁丝绳的，是三月里从残雪上吹来的凉风和被凉风吹开了羽毛的褐灰色的麻雀（在寒冷的季节，似乎只有这种鸟没有动身离去），它们暗红色细嫩的爪子紧紧地抓住冰冷的铁丝，忧郁就从那儿开始了。许多年前我拿起笔来，试着表达我的内心——眼睛所见和生命所遇，就像一头小马驹在马灯和草料的气息里降生，颤抖着站起来，在大地上试着迈动脚步。我从泥泞之秋或是纸屑和尘埃飞来荡去的冬季走回我的住处，沿着空寂残破的街道一直向北走。我感到这里似乎没有人来过或是早已撤走了一样，凄凉是无限的。天空没有雨水，铺满了铁青的云和混沌，沿着街道向北一直铺到天边。房子、木头电线杆（记忆中没有树），站立在嗖嗖的由北向南不停地吹着的风中。风吹得那样执拗。电线上发出旋动的阵阵哀鸣，有一种周身寒彻的美打在我的心上，以至于培养了我的心灵长久难泯的旋律感，并成为我感知一切旋律的基础。许多湖光山色、繁花春景像一张张照片，在经历了最初的激动之后，被锁进抽屉。留在记忆底片上的，是那些简单的事物：房子、电线上的风声、泥泞的街、寒云和麻雀暗红色的爪子，它们成为我情绪和性格的一部分。我明白，我是属于秋天霜降以后到翌年三月残雪未消这段时间的。

我的住处（诗歌住处的某种象征），比邻民间深远的住宅，枣树和紫槐越过墙头晃动不已的野草，挥过二三询问似的树枝，这是唯一可以遐想、延伸的方向。它的鸡鸣和狗吠常常使我的身份（居民的身份）在白天和黑夜里呈现不同的色调。我住处的外表和结构，有着整齐相同的荒废——水管的油漆和水泥外表，由于太阳的曝晒而斑驳脱落。整个二层楼房像一座废弃的遗址（诗歌也有着类似的破落——狄更斯、契诃夫结束了上一个时代以后，诗歌的住处成为心灵的废墟）。我常常要从遗址上站出来，在统一的水泥结构中站出来。我的身体在阳台上前倾，高声招呼在楼下迟疑的远方友人——"我在这里"。仿佛他或他们是找不到暗道入口的参观者和探询者。

城市的变化就是要以武器般的建筑群抹去旧时痕迹，让记忆找不到家。城南新的住宅区开工建设，使我的住处更像一座弃园风雨飘摇。我走过寒冷的街道（小商贩的叫卖声更刻画了这样的寒冷，而不是相反）进入院子。我通过一段由院墙构成的狭窄灰暗的甬道来到楼梯口，阳光也随之拐过了墙角。现在的回忆是它有着局促的温暖。它的荒僻和朴素具备了容易被忽略甚至被遗忘的品质，像最初零散的诗篇散乱在梦想的遗址中，在桌上、床上同不朽的阳光里的尘埃一起。不眠之夜辉煌的废墟，贫穷里的低语和歌声——"我不知它从哪儿来，从冬天或从一条河。我不知道如何或何时……"（聂鲁达）。

其一

少无适俗韵,性本爱丘山。误落尘网中,一去三十年。羁鸟恋旧林,池鱼思故渊。开荒南野际,守拙归园田。方宅十余亩,草屋八九间。榆柳荫后檐,桃李罗堂前。暧暧远人村,依依墟里烟。狗吠深巷中,鸡鸣桑树颠。户庭无尘杂,虚室有余闲。久在樊笼里,复得返自然。

其二

野外罕人事,穷巷寡轮鞅。白日掩荆扉,虚室绝尘想。时复墟曲中,披草共来往。相见无杂言,但道桑麻长。桑麻日已长,我土日已广。常恐霜霰至,零落同草莽。

其三

种豆南山下,草盛豆苗稀。晨兴理荒秽,带月荷锄归。道狭草木长,夕露沾我衣。衣沾不足惜,但使愿无违。

其四

久去山泽游,浪莽林野娱。试携子侄辈,披榛步荒墟。徘徊丘陇间,依依昔人居。井灶有遗处,桑竹残朽株。借问采薪者,此人皆焉如?薪者向我言,死没无复余。一世异朝市,此语真不虚。人生似幻化,终当归空无。

——陶渊明《归园田居》四首

二

  有许多朋友在平凡的日子中承担了生活的沉重。在稍显明亮的农村，麦收时的田地或播种的那几天里，我骑着自行车找到他们。谈话也是短促的。坐在田垄上挑最重要的——种子、墒、汗水和收获。因为农时不等人。在店铺、自行车修理行、个体小书店、理发店，一边不放下手里的活计，一边谈论着有趣的事——哀伤、无奈甚至绝望的事。交谈断断续续，有时要间隔好长时间。我看到手艺被辛酸所蒙蔽的灿烂，生存被卑微地一点一点创造出来。它那么悠久自足，我甚至想在不适合学手艺的年龄再学一门手艺，它能使我向后传递些什么，使我的双手灵巧，心变得专一，对所做的事充满自信。我们在无言的夜色中分手，在路灯下踽踽地往家走，我的心里不再涌动什么，但我的确很想为他们朗诵普希金的诗，或是帕斯捷尔纳克的《生活，我的姐妹》——但那也许是不合适的。路旁的杨叶和刺槐叶上，落满了尘土，夜间的露珠还是羞涩地挂在上面。看着满天芸芸星斗，楼房里还亮着的不多的灯光，我想它们都有自己的心灵，我想我能够触摸领悟这些与荣耀无关的普通心灵，同时获得这样的心灵。我想巴顿将军在得胜还朝成为杰出人物的时候默念（而不是高声大喊）的那些话把东西方文化心灵拉在了一起：上帝端坐天空，看见得胜君王正班师回朝。他骑在高头大马上，头戴王冠。他的公主身披华贵服饰。前面是掠来的战俘，后面跟着他成群的奴隶运载着夺来的金银财宝。这时，一个身戴镣铐的老奴隶走上前来，俯在君王的耳边，他对君王说："荣耀很快会过去。"

失败也会很快过去。

我有能力把平民的日子过到底。

三

住处晦暗的下午，窗外的光模糊又明亮。寂静中只有表针的声音孤立、清晰，还透出某种与心境相连的恐惧。书页被什么东西乱翻的声音惊醒了我——那是流亡者布罗茨基的书。门被轻轻推开，一去多年的风回来了，它带着一身尘土，像一位远方的归人。它离去时是蔚蓝色的，现在它变得苍老、粗糙而无语。它认识住处，认识这扇门和窗户，认识在心中默念它的人。许多年前我们曾拥有爱情，在我们洁白的衬衫和旗帜般飘扬的头发里，蕴藏了草和树的气息——风，那些越过了高山峡谷，在平原上浩荡的或是徘徊的风，和风、狂风、顺风、逆风，记录在我们的脚步、语音和脉搏之中。我们曾住在城里能接近和沐浴风的一家旅馆里，那里有一个露天平台，我们在那里整夜整夜地迎着风交谈。一伙青年的热望、迷蒙的志向和离精神更近的生活方式。在沉闷愁苦的夜晚，室内的空气凝固的时候，我们敞开狭窄阴湿的宿舍的北窗，让风猛烈地吹进来，吹落积蓄已久的灰尘，吹旺黑夜里手指间一明一灭的烟头。在那个忧愤之秋，我们沿着空荡的大街漫无目的地行走。失去风的广场，通向郊外的排水沟，废弃的铁路旁（铁轨已生锈），灵魂好像散失了。我们只是坐在那里，被不知去向的风带走了。

我不知道风从哪儿吹来，也不知道风将在哪儿站住脚步，是不是如醉酒一样在房间东倒西歪，在空旷的路上奔跑、寻找。漫长的冬季来临，一片片住宅间，朝北的窗子关闭了或偶尔敞开，却只有氤氲不尽的煤烟和黑色尘粒，落满了生活用具和书籍。生活变得污浊，寒冷在没有风的天气里异常干燥。

当东南季风深入内陆，带着暴风雨走过城市和乡村，我们离开了把热烈期许、孤独和许多不经意的思索刻记在墙上的旅店，回到原来的生活中。雨下得宏大起来以后，风暗淡了，雨声遮掩了一切，风将去哪里呢？街上的窗子都紧紧地关闭着，没人肯收留它。它是不是退回到了人们的心中？只是人们没有感觉到，所以看上去很安稳、很平静。

其他及写作

一

其他。在灾害似的叙述里,往往就这样被放置在词语的后面,不被命名地一笔带过。更氤氲。更沉潜。更隐秘。更牺牲。对命名者和执行者,更像人民大众。

残酷而粗疏的叙述。

一本书。时代在叙述,其他就命定不会被歌唱。

二

一本书,方方正正,早已远离了真正的"叙述"。它是叙述者的棺木,同时,隆起话语权力的坟头,就像族里的长者之于后生——即便是在伴着阴魂的旷野。

坐着,或躺下。云彩漂泊在肉眼的湖泊,那是写作者的走廊。你经过阴暗和阳光的交替,门或窗子,活着以外的世界。道德的迷雾、生命的骨头、时间的枯井、思想的闪电,使你从周围缓缓展开的时空锁链中分离出去，处于无助的困境，或像一阵风吹去你脸上的水珠。

叙述者的踪迹在脑海中延绵。这是他们的法术，是幻影，是一个世界像一头野兽冲撞你的门环。你被小心翼翼地牵着、赌徒似的不由自主。

你像是被一场大雨浸泡得肿胀。叙述中断之后，你从迷失处重归，弥漫的时间纷纷落下重又拥你入怀，像平常的尘土回到地上。

叙述者行走的路线、选择的方向，它形成随机的隐蔽。它不可能回到原初，但它为什么不沉默?!

那其余的都沉睡着。不是在我们的心里，而是在你、我、他的心里，像没有被照亮的茫茫原野。

三

丢失了词根的写作者、失语症患者涌荡在大街、印刷所和书亭。他们在激烈地争吵，像只剩下"说话"的穷人。他甚至已不再拥有"自己的生活"。

词根，独自在尘土中闪着光辉。

在词上做智者的推论，推出火星。写作，就是对词语的反复侮辱——成千上万年生长的词语脂肪。古老词语的消失，让语言学成为一门可得功名的事业。

然而"词根"依然在愈来愈快的丢失之中。

相比之下，那些永远也难以企及词根的人的处境更为悲惨。

满纸纷披夸独能，春蛇秋蚓乱纵横，
强从此处看书法，闭着眼睛慢慢睁。

更羡创成新魏体，排行平扁独成名，
自夸除却今时代，千古真传一脚蹬。

午夜磨刀实辛苦，墨池水涨自通神，
千秋饿隶犹成诮，何况戈吾辈人。

法乳相传有素因，蔡中郎后卫夫人，
却怜未识兰亭面，自诩山阴一脉真。

自谓平生眼尚青，层层魔障看分明，
莫言臣字真如刷，犹有天机一点灵。

狂草应从行楷入，伯英遗法到藏真，
锥沙自见笔中力，写出真灵泣鬼神。

——林散之《论书诗六首》

笑子不能务正业，业余又向纸堆钻，
可怜毛笔兼刀笔，偷取风神石上（刊）。

搜取精灵夸上流，佩觿雅欲自封侯，
深剜浅刻寻常事，赢得名章两字留。

日日归来弄瓦当，我忆斯文吴让之，
赏心自得窗前月，镌就名章号素王。

邗沟连日雨丝丝，千秋遗蘗蔡中郎，
春水断桥二十四，更于何处觅人师。

——《小诗四首赠广陵桑愉父子
并示刻印诸同人兼呈孙龙父一粲》

他们的眼睛炯炯有神，身手矫健、机敏、娴熟。然而，他们的心灵却没有发育。

并不是走过来了就会拥有自己的历史，就像向前走去并不等于拥有未来，活着并不等于拥有生命。寻觅自己的历史是徒劳的，就像呼唤"自己的生活"一样。

"拥有自己的生活"一开始就是一件多么了不起的事情。

我极少看见有着惊人坚定的人、惊人朴素的人、大美的人。我们充满的色彩的眼和充满声音的耳很难感受到他们所拥有的"自己的生活"。

那是至高的幸福。它瞬间就能照耀和洞穿你一生的黑暗和愚钝。

词根，被那样的人的神性光线照亮了。

也许，你的"存在"就在隔壁；也许你的"历史"就在你的病中；也许"话语"尚未落到物质上。叙述者啊，你能否沟通?！

那么，大地呢。

词根。

四

人活在世间，大部分时光是一副空壳的游动，仿佛是一场沉沉大梦。

城市就是一场梦。所谓欢乐、幸福乃至痛苦也是。唯有暗藏的忧伤是长生的，它因太久远而仍在"学习着"。作为一名来历不明的写作者，城市常常是不能进入的，它没有路径。诗人吕德安曾说这里最早不过是一个人的手势，那个手势是最初的，同现在这里各种手势有着本质上的不同。它消失了，只作为一个"动作"存留至今。

在这动作之前，那从未亵渎过神灵的时光像没有渠道的泉水，流溢在写作者的血液里。在个体生命中，它属于童年。在我的个体生命中，它从未正式进入过写作，但却使写作呈现此样状态而非别的什么。它使我的心灵有了颜色、动作和呼吸。它属于以下图像：

A.在乡间漆黑寂静的茅屋里，梦中听见远方公路上汽车絮语似的微微鸣响，第一次尝到想念的滋味，但不知道具体想念什么。B.寒冷的冬季，我在祖父黧黑厚实的胸膛上度过。自那以后，再没有以皮肤直接接触的方式拥抱同性的经历。C.雨水淹没了村庄，坐在高坡上怅望大水久久不退，绝望第一次来临。D.在高高搭起的草棚里，看守秋日的庄稼，用火烧烤豆荚或玉米。粮食的香味和头顶上的星空一样高远而神秘。E.公元一九七二年严冬，扛一杆真正的"三八大盖"替民兵站岗，在大雪中直至冻僵。F.把蛇缠在腰上。在死者的灵棚里捉迷藏。

其他。依然在心中豁亮。

五

所有的"物"都依然是旧的。所有的时间和空间都是不洁的,它被梦想的手指抚弄过,上面的"指纹"不能被一一认证。

写作,就是重复。就是把抚弄过的事物和瞬间再抚弄一遍。

六

日子久了,心发虚。"歌唱"不只是因为背时,还因为喉咙里堵上了石头。

"歌唱"更成了奢侈品。

窗外,光在死亡。这是一种正在进行中的状态。

曾经引导写作的人还在,但引导生活的人已经作古了。在书籍、墨水和家什中间踱步,疯狂在肢体上化作了寂静,犹如马戏团笼子里的狮子,渐渐地连嚎叫都不会了。

再远处是什么?看不到。森林和大地。一堵经过现代工艺处理过的墙壁就可以使人什么也看不到了。

我曾经想起爱伦堡的《人·岁月·生活》。

我曾经想起推荐这本书的人。他深沉的动机不被当时一个试图写作的人领悟,这是遗憾与合情合理的。因为心灵的"日久弥深"与日子的"日久弥深"并不在同一个夜晚找到你,同你促膝交谈。

那是一个如此深情、令人拥有无限体验的名字。那是一份关于精神的备忘录。它的标题也许就是"困饿中的灵魂自由"。现在想来，那名字之所以不能及时地将你提炼出来，是因为你是一个试图写作的人，而不是一个期望被"写"的人。首先被"写"成一个"人"，然后去写一本书。

那样的一些人遥远了。

叙述很近。

在这样的时代，追问要么被嘭的一声关在门外，要么就陷入叙述。

一堵墙挡住了日光，那么至少留下感觉吧——对于人、岁月、生活的感觉。

起初什么都相信，过后什么都不相信，这就是我们。

连诗和爱情都感觉不到。那曾辛酸地行吟在大地上的自由和尊严，从高处眺望，它们的足迹是人类的房屋。而这房中的人正在呼呼大睡，圆圆的肚子一起一伏：连梦想都没有了，只剩下睡眠。

人，岁月，生活——在我们中间，缺少的正是这三个词，以及它们对于生存的暗示和提醒。

七

我们是些泛泛之人，像哗哗啦啦翻一本书。泛泛地站在大地上。泛泛地经过事物。泛泛地企图道出全貌。泛泛地死去。对一个被唤起了表达欲望的人，这是危险的。

然而"坠涯"的一刹那，你是具体的，因为这之于泛泛的人生将是从未有过的深刻。

一根草、一块石头……你从未顾及过的事物将照亮你的"全文"。

你是善良的,像正在成长中的孩子,但并不知根知底。事物的根底阴暗诡秘、老奸巨猾。你想了解它、包容它,你的激情催促你张开怀抱。它却摆出高深、怪诞或氤氲不绝的姿态,漫无边际或不着边际。它的巨大的秘密正是引诱你冲动的"药引子"。这注定了你内心的愿望将要毁掉你赖以探求的行动指南。你扑上去,虚空随之而来——盲目、失望的虚空。

八

至亲的人故去了。躺在席梦思床上,我竟一次也不敢梦见他们。然而,每当提起笔来,他们却在离我很远的地方照耀着我的动作、我的方向。

遥远的厚实的远处,又有着魂的飘零。

像落叶覆盖了松软的土地,像流淌在时间里的河流,像高山大海,像每一件事物的最细微、最无声、最纯洁的部分——那是至亲的人的居所,如果你不想失去那悠远的联系,就不要丢掉"俯身"这个动作,不要失去俯身倾听的能力。

末路的人、逢时的人、钢铁的人、水晶的人,都不曾失去倾听的机会。一味倾诉的人失去了。满世界都飘满了各式声调的倾诉之声——幽闭的、敞开的、令人眩晕的嚣扰和喧杂。真正的倾听者听不到的那部分倾诉,应该被停止。"倾诉者离去的地方一片漆黑",倾诉者的源泉不久将会枯竭。

听着吧，看那个人还能说出什么"人"话。

谁还在倾听？身披倾诉者留下的黑暗。

倒霉和背时的人，竭尽全力倾诉了倒霉和背时，但一点也倾诉不出"命运"。而对另一些人与其说是"倒霉"和"背时"，不如说是命运给他们创造出了更好的倾听的方位。

安详、宁静、深沉的倾听者，开掘了存在的深度、默念着生命的恩典、谛听了真理的召唤。如果留下了"不可言说"的疑窦，那是因为对于大地和时间的遵从。

我在等待珍贵的、光芒四射的倾诉，我在听着呢！

至亲的灵魂啊，要知晓我身处现世平庸的大风中，请不要撇下飘荡不已的我！

九

我常常为创造所逼而在黑暗里独坐。黑暗是谁的主旨？谁是黑暗的中心？

十

廉价的写作最有可能的是成就一本书、一种物质的符号。真正的书将会是这样：封面，开始的人。正文，成长的人。封底，读不完的人。作者，人。读者，人。

将书翻开，仍然是"人"字的形状。

后 记

在我迄今为止的诗歌及散文随笔写作中,"大地",或曰"大地精神"一直是我的母题。大自然、乡土、草木、成长、童年记忆以及由此延展出的生命经验、感觉、情感体验和思索,构成了我写作的基本景观。一句话,我的这些文字的写作不属于城市,而更多地来自记忆和现实中的乡野,是我的来时之路。本书所收入的散文随笔类文字,是我此类写作积累下来的一部分,虽然短小,但我写得并不轻松,并不随意,我是拿它当诗来写的。我要求它必须有生命的质感,必须有触动灵魂的痛感,必须有绵延着心灵轨迹的语感,包含着对大地的感恩、爱和致敬,甚至包括读者的对应和呼吸。在这些文字中,有一些虽不是直接抒写大地上的事物,但内在的精神观照点,依然是"大地"。

此书将我的这类文字与我的书法并置在一起,共同构筑并呈现一种"大地情怀"和别样的人文氛围,此动机源于多马先生。我认同他关于"向度文丛"旨在打破人文、思想、文学、艺术等边界和瓶颈的初衷,我开始思考对于书法作品的选择。我从事书法的学习和创作已有三十多年,走碑帖融合之路,书法风格偏于文雅和书卷气。本书是文字与书法的并置，而不是将书法视为插图方式的存在，这就要求文与书要有互文性，要有相互的精神映照。在书法作品的选择上，要强调文与书的关联性。遵循这一构思，我在保留部分原有作品的同时，重写了一部分与文字直接关联的作品，有的直接有选择地书写了文章的词句；而在其他书写内容的选择上，也尽量照应"大地精神"的表达。为使文与书在内在精神气息上获得更多照应，我摒弃了部分书法风格过于文雅、细腻的作品，而用碑体风格，重新书写了一部分比较拙朴、厚重的作品。这些重新书写的作品，不强调它的规范性和完整性，笔触间更多强调的是新鲜、质朴和随意的生发，以期获得一种草木生于大地的文心。从书法作品的整体看，碑帖相参，拙雅互搭，从而保证了此书人文气息的基本呈现。

　　此书玉成，首先感谢庞培兄、于明诠兄在百忙之中撰写序言，深情厚谊一并记于我心中。感谢与广西师范大学出版社和多马兄的机缘，感谢编辑老师在编辑过程中不辞辛劳的反复校正和指点。当然，文与书并置呈现、成书，对我来说是首次，书写过程中的疏漏和不尽如人意之处在所难免，恳请读者朋友批评指正。

赵雪松

2019.12.25 于濯耳堂